Karine Giébel a été deux fois lauréate du prix marseillais du Polar : en 2005 pour son premier roman *Terminus Elicius*, et en 2012 pour *Juste une ombre*, également prix Polar francophone à Cognac.
Les Morsures de l'ombre (Fleuve Éditions, 2007), son troisième roman, a reçu le prix Intramuros, le prix SNCF du polar et le prix Derrière les murs.
Meurtres pour rédemption (Fleuve Éditions, 2010) est considéré comme un chef-d'œuvre du roman noir.
Ses livres sont traduits dans plusieurs pays et, pour certains, en cours d'adaptation audiovisuelle. *Purgatoire des innocents* (Fleuve Éditions, 2013) est son dernier roman.

Retrouvez toute l'actualité de Karine Giébel sur :
www.karinegiebel.fr

TERMINUS ELICIUS

DU MÊME AUTEUR
CHEZ POCKET

TERMINUS ELICIUS
LES MORSURES DE L'OMBRE
CHIENS DE SANG
JUSQU'À CE QUE LA MORT NOUS UNISSE
MEURTRES POUR RÉDEMPTION
JUSTE UNE OMBRE
MAÎTRES DU JEU
PURGATOIRE DES INNOCENTS

KARINE GIEBEL

TERMINUS ELICIUS

POCKET

Pocket, une marque d'Univers Poche, est un éditeur qui s'engage pour la préservation de son environnement et qui utilise du papier fabriqué à partir de bois provenant de forêts gérées de manière responsable.

Le Code de la propriété intellectuelle n'autorisant, aux termes de l'article L. 122-5, 2e et 3e a), d'une part, que les « copies ou reproductions strictement réservées à l'usage privé du copiste et non destinées à une utilisation collective » et, d'autre part, que les analyses et les courtes citations dans un but d'exemple et d'illustration, « toute représentation ou reproduction intégrale ou partielle faite sans le consentement de l'auteur ou de ses ayants droit ou ayants cause est illicite » (art. L. 122-4).
Cette représentation ou reproduction, par quelque procédé que ce soit, constituerait donc une contrefaçon, sanctionnée par les articles L. 335-2 et suivants du Code de la propriété intellectuelle.

© Karine Giebel.
© Éditions Pocket, un département d'Univers Poche, pour la présente édition.
ISBN : 978-2-266-22372-0

*À Lili, Jean-Louis, Pascal,
L'air et la terre*

*À Stéphane,
Le feu et la lumière*

Chapitre un

Le glissement se fit plus léger et Jeanne ferma son livre. Le train ralentissait, la gare approchait. Mettre le roman dans le sac à main, enfiler son blouson. Est-ce que j'ai bien fermé mon sac ? Oui, il est bien fermé.

Elle se leva alors que le train entrait en gare de Marseille. Saint-Charles, monstre à mille quais, croisée des chemins. Chaque matin, les mêmes visages, un peu fatigués, prêts ou pas à affronter une nouvelle journée de labeur. Et, chaque soir, les mêmes, encore. Seulement un peu plus fatigués ; mais heureux de rentrer. D'ailleurs, il y avait toujours plus de sourires le soir que le matin.

Jeanne fut la première à descendre, à poser le pied sur le béton, dans une odeur de métal chauffé et de graisse. Brouhaha saisissant.

Attraper le métro, celui de 8 h 05. Tête baissée, elle affronta la foule, connaissant son itinéraire par cœur. Au début, elle s'était perdue dans ce dédale. Mais aujourd'hui, elle aurait presque pu le parcourir les yeux fermés. Un an à prendre la même ligne, à faire le même aller-retour. Ce matin, le Miramas-Marseille était parfaitement à l'heure, il avait même une minute d'avance ; Jeanne arriverait à son bureau à 8 h 30, pile.

Elle aimait l'exactitude et détestait les approximations. Ce qui n'était pas parfait, ce qui n'était pas à sa place. Les livres écornés, les crayons mal taillés, les vêtements mal repassés. Les hommes mal rasés.

Le métro de 8 h 05, bondé, comme d'habitude. Un Francilien l'aurait peut-être trouvé respirable, comparé aux rames parisiennes. Mais pour Jeanne, la villageoise, il était bondé. Se faire une petite place, fendre la marée humaine, mélange d'odeurs, agréables ou pas. Empilement de silences. Chacun pour soi, chacun sa vie. Et les rails, à nouveau. Une plongée sous terre, dans les entrailles de la cité phocéenne.

Jeanne serrait son sac contre elle. Est-ce qu'il est bien fermé ? Oui, il est bien fermé. On n'est jamais assez prudent. Une station, une autre... Et la sienne, enfin. La terre ferme, à nouveau. Et le marathon qui recommence...

Ascension vers le soleil, ruée vers la lumière du jour. Une rue pleine de gens et de voitures, de bruits et de désordre matinal. Au pas de course, Jeanne arpentait le trottoir, évitant le contact, frôlant mais jamais ne touchant. Elle étrennait une nouvelle paire de chaussures et avait déjà mal aux pieds. Elle détestait porter de nouveaux vêtements, de nouvelles chaussures. Comme elle détestait changer de coiffure. D'ailleurs, elle n'allait jamais chez le coiffeur : c'était sa mère qui lui coupait les cheveux. Longs et droits, de couleur châtain foncé, ils étaient invariablement attachés en queue de cheval. Elle continua à marcher, ravalant sa souffrance, avec l'impression que tout le monde regardait ses pieds. J'aurais dû remettre mes vieilles godasses !

Est-ce que mon sac est bien fermé ? Oui, il est bien fermé.

Enfin, elle pénétra dans le grand commissariat. Retrouver son univers familier, c'est rassurant. Même s'il s'agit d'un commissariat. Elle traversa le hall d'entrée, si grand et pourtant si sombre. Pas assez d'ouvertures sur le ciel, cruelle absence de lumière. Une atmosphère peu engageante qui avait beaucoup angoissé Jeanne, les premiers temps. Elle s'était dit que c'était peut-être fait exprès. Exprès pour impressionner ceux qui avaient le malheur d'y échouer. À moins qu'il ne s'agisse simplement d'une erreur de conception. Mais, récemment, le grand patron, attentif au moral de ses troupes, avait décidé de procéder à quelques aménagements pour remédier à ce flagrant délit d'inhospitalité : une peinture jaune pâle sur les murs, dont l'odeur chimique refusait encore de s'évaporer, des éclairages plus tamisés, quelques boiseries. Et, çà et là, témoins immobiles, une dizaine de plantes en plastique qui faisaient plus vraies que nature. C'était toujours aussi sombre, mais tout de même plus accueillant !

Au fond du hall, un guichet et sa file d'attente : les plaintes du matin, voitures disparues pendant la nuit, portefeuilles et sacs envolés dans le métro. Quelques cris, quelques impatiences, quelques pleurs. Des hommes en tenue, aux visages éprouvés, des regards fatigués. Usés par la routine. On pouvait rêver mieux comme lieu de travail.

Pourtant, Jeanne commençait à aimer cet endroit. Parce qu'il était assez vaste pour passer inaperçu ; assez déshumanisé pour éviter de s'y attacher le soir venu.

Elle emprunta l'escalier et monta au deuxième étage, là où se trouvait son bureau.

Un an déjà qu'elle avait intégré les effectifs de la Police Nationale. Mais pas comme elle l'aurait voulu. Impossible de devenir commissaire ou même lieutenant. Tout ça parce qu'elle portait des lunettes, parce qu'elle était myope. Pourtant, pour être flic, paraît que c'est le flair qui compte. Pas la vue ! Mais bon, il y a des injustices comme ça. Des injustices plein la vie. Alors, elle s'occupait des affaires générales : gestion des carrières, congés, courrier… Et les enquêtes, elle se contentait de les suivre de loin, telle une spectatrice privilégiée.

Elle entra au secrétariat et salua ses trois collègues, Monique, la chef de service, Géraldine et Clotilde. Quatre bureaux encombrés de piles de documents, quelques plantes vertes rachitiques qui appelaient à l'aide en aspirant la lumière artificielle comme un nectar salvateur. Une moquette rongée par les années, la peinture craquelée des murs, entre les affiches de propagande pour la Police nationale, la grande famille. L'effort de rénovation n'était pas encore arrivé jusqu'ici. Bientôt, avait promis le Pacha. Un courant d'air s'invitait par la seule fenêtre, apportant avec lui les bruits de la ville ; moteurs en surchauffe dans les embouteillages, concert de klaxons, le sport national à Marseille ; avec le foot, bien sûr !

Jeanne s'installa bien vite dans son fauteuil et fit glisser son blouson sur le dossier. Elle prit ensuite une clef dans la poche de son pantalon et, avec des gestes millimétrés, elle ouvrit son tiroir pour en sortir un stylo bleu, un rouge, un crayon, une gomme, une agrafeuse et une calculatrice. Le téléphone portable, extirpé du sac : déposé à gauche du calendrier, là où était sa place, même s'il ne sonnait jamais ; le sac lui-même, enfermé à double tour dans un autre tiroir et, enfin, la clef qui retourne dans la poche.

Alors seulement, elle put allumer son ordinateur. Rituel immuable du matin sous les regards amusés de ses collègues. Jeanne et ses petites manies...

C'est à cet instant que la porte du bureau s'ouvrit et le capitaine Esposito entra. Jeanne sentit son cœur se tordre, son sang bouillir dans ses veines.

— Salut les filles ! lança-t-il.

Comme chaque matin, il faisait le tour de tous les services pour dire bonjour. Simplement bonjour. Un des seuls à se donner cette peine. Avec le grand patron, bien sûr. Et, pour Jeanne, à la fois le meilleur et le pire moment de la journée.

Le meilleur, parce que le capitaine Fabrice Esposito était toujours parfaitement rasé. Parce qu'il avait de beaux yeux verts et un sourire d'une blancheur polaire. Grand, mais pas trop ; musclé, mais pas trop. Parfaitement proportionné, parfaitement habillé.

Le pire, parce que Jeanne n'arrivait jamais à lui dire autre chose que « bonjour ». Même pas « comment ça va ? ». Une bise à chacune des filles du service et il repartait aussi vite qu'il était venu ; rien ne le retenait ici. Première et sans doute seule émotion forte de la journée.

Jeanne enleva ses lunettes et les nettoya à l'aide d'une lingette imprégnée. Geste répété environ vingt fois par jour. Puis elle se mit au travail, le visage du capitaine Esposito ondulant encore dans son esprit. Son parfum délicat flottant encore dans la pièce.

***

Le même chemin en sens inverse. Quelques marches à descendre, les néons qui prennent le relais de l'éclat du jour. Mettre son ticket dans l'appareil et courir vers les profondeurs. Beaucoup de monde, ce soir encore ; des ennemis partout.

Trois stations plus tard, arrivée à Saint-Charles. Jeanne regarda sa montre et vérifia que son sac était bien fermé. Puis elle sortit de la verrière et se rendit sur le quai N, à l'extrémité de la gare. Le train n'allait plus tarder, celui de 17 h 36. La fameuse ligne de la Côte Bleue : Marseille-Miramas, *via* Port-de-Bouc.

La BB 67400 arriva lentement, traînant derrière elle sa rame régionale encore vide : normal, Saint-Charles était son point de départ. Étrange de voir cohabiter le TGV ultramoderne avec cette locomotive diesel, sortie tout droit d'une autre époque.

Les portes s'ouvrirent et, comme toujours, elle fut dans les premiers voyageurs à grimper à l'intérieur. Elle s'asseyait chaque soir à la même place. SA place. Tout au fond du dernier wagon. Comme à l'école, lorsqu'elle s'asseyait au fond, tout au fond de la classe. Là où les autres ne pouvaient la voir. Dans le train aussi, elle avait sa place. Sauf les soirs où elle arrivait en retard.

Mais, aujourd'hui, elle était à l'heure. Alors, elle prit possession de son territoire et posa son sac entre ses pieds. Elle regardait le quai, le front posé contre le plexiglas. Les voyageurs arrivaient progressivement, certains chargés, d'autres non. Certains pressés, d'autres non. Jeanne les observait, les jugeait sur leur apparence physique, essayant de deviner ce qui pouvait bien les tourmenter ou les faire sourire. Et le wagon se remplissait doucement. Beaucoup de visages connus, comme le matin ; les habitués du Marseille-Miramas. L'été, il y avait aussi quelques touristes. Mais là, on n'était encore qu'au mois de mai. Entre gens du coin...

L'heure du départ sonna enfin : un soubresaut et le monstre d'acier qui prend son élan sur les rails.

Jeanne continua à regarder le quai jusqu'à ce qu'il disparaisse.

Toujours les mêmes tags, sur les mêmes murs et, derrière, les mêmes immeubles. Elle pensa soudain aux gens qui vivaient là, si près des voies ferrées, bercés nuit et jour par le va-et-vient incessant des trains. Comme elle, qui habitait aussi près d'une gare : celle d'Istres, si petite, comparée à Saint-Charles. Elle avait toujours connu la musique des trains en bruit de fond. Et finalement, ce n'est pas désagréable du tout. Comme une sorte de mouvement perpétuel qui rythme le temps, la journée et une partie de la nuit. Un repère, en somme...

Lentement, son esprit réintégra son corps, le wagon et la réalité. Atterrissage en douceur. Un instant, elle était partie ; ça lui arrivait souvent. Elle parvenait à se dématérialiser avec une incroyable facilité. Oublier où elle se trouvait, qui elle était.

Mais il fallait toujours revenir. Toujours.

Elle se pencha pour attraper son sac et y récupéra son roman policier. Elle aimait les polars, américains de préférence. Parce qu'il y a le dépaysement en plus.

Mais, soudain, elle remarqua quelque chose d'inhabituel : un morceau de papier avait glissé à côté de son siège. Elle l'attrapa et constata qu'il s'agissait d'une enveloppe blanche. En la retournant, elle resta stupéfaite de voir son prénom inscrit dessus. Un message pour elle. À moins que ça ne soit pour une autre Jeanne ? Non, ridicule ! Elle était sans doute la seule Jeanne à s'asseoir toujours à la même place, dans le même train.

Elle demeura perplexe de longues minutes, redoutant un piège. Elle avait posé la missive sur ses genoux et la regardait sans faire le moindre mouvement.

Puis, enfin, elle se décida.

Elle l'ouvrit et découvrit une lettre manuscrite, écrite à l'encre noire. Une calligraphie ronde et appliquée.

« *Lundi, le 12 mai,*

Jeanne,

Vous me connaissez sans me connaître. Et je ne savais pas comment prendre contact avec vous. Alors, comme vous vous asseyez toujours à cette même place, j'ai eu l'idée de vous écrire. Parce que vous avez touché mon cœur. Parce que j'ai envie de vous parler depuis longtemps.

En vous observant, j'ai appris à voir ce que vous voulez tant cacher. Votre beauté naturelle, vos traits fins et délicats. Je vous aime, penchée sur votre roman, détachée du monde et de la dure réalité. En lévitation... »

Jeanne releva la tête et regarda autour d'elle. Il y avait tellement de monde dans ce wagon, des hommes et des femmes. Mais personne ne l'observait.

« *Je ne suis pas dans ce train, ce soir. Inutile de m'y chercher... Mais vous connaissez mon visage, vous connaissez même le son de ma voix. Pourtant, vous ne savez rien de moi. Un jour, peut-être, cela changera.*

J'aimerais vous rencontrer, mais il est encore bien trop tôt pour cela. Je préfère que vous appreniez d'abord à me connaître. Je pense que c'est plus sage. Alors, si vous le voulez bien, je vous écrirai. J'aime à savoir que vous lisez mes mots, que vous vous attardez sur mes phrases. Que votre main caresse la feuille de papier que j'ai noircie. Vous êtes si belle, Jeanne. Si touchante et si belle.

À très bientôt...

Elicius »

Elicius... Jeanne remit la lettre dans l'enveloppe et reprit sa respiration. De retour sur Terre, elle ne vit que des voyageurs plongés dans la lecture d'un journal ou obnubilés par les paysages. Un homme remplissait une grille de mots croisés, un autre jouait avec son portable. Il n'était pas dans le train de ce soir, il le lui avait écrit.

Elicius... Un nom bien mystérieux mais qui, pourtant, ne lui était pas inconnu. Elicius, celui qui fait descendre la foudre. Un des noms donnés à Jupiter, le plus puissant des dieux romains. L'égal de Zeus. Ce type ne se prenait pas pour n'importe qui ! *Vous êtes si belle, Jeanne. Si touchante et si belle...* Elle enleva son blouson, soudain submergée par une vague de chaleur. Soudain fortement troublée. Tellement troublée... Elicius en personne lui écrivait, la trouvait belle ! Elle sentait son visage s'empourprer, ses mains trembler, ses jambes trembler. Tout son corps vibrait comme les cordes d'un alto. Heureusement que je suis assise. Heureusement...

Progressivement, le calme revint. Peut-être grâce au ronronnement du train, à ce rythme régulier et rassurant.

Guidée par les rails, elle ne pouvait tomber. Elle pouvait se laisser aller. Elicius...

Elle mit la lettre dans le roman et cacha le tout dans son sac avant de le reposer à ses pieds. Non, finalement, elle le garderait sur ses genoux, ce soir. Il était bien fermé, elle ne risquait rien.

Un dieu était amoureux d'elle, pauvre mortelle.

Chapitre deux

Elicius va-t-il m'écrire ? Peut-être sera-t-il dans le train, ce soir ! Jeanne n'arrivait pas à se concentrer sur son travail. Dans sa tête, les phrases s'alignaient, les mots retentissaient. La lettre divine, elle l'avait relue cent fois. Sans arriver à se lasser de ces paroles que, jamais encore, on ne lui avait adressées. Il était déjà onze heures, elle avait besoin d'une pause. Alors, elle quitta le bureau et s'aventura dans les couloirs, interminables, étroits et déserts.

Seule, elle pouvait laisser son esprit vagabonder sur ces murs, si lourds de passé. Ils ont une âme. Cet endroit a une âme : il respire, il raconte. Il chuchote ses histoires à ceux qui veulent bien les écouter. Telle une fresque immense et sombre. Tant d'énigmes résolues, de justice rendue. Tant de crimes élucidés, de bravoure et de lâcheté...

Par ces chemins détournés, elle arriva au coin détente de l'étage : quelques tables hautes recouvertes de formica rouge écaillé, une banquette en plastique beige vissée le long du mur, une vieille machine à café et une fontaine réfrigérée, dernier cadeau en date du

Patron. Un endroit stratégique ; le lieu où se faisaient et se défaisaient les alliances, où certaines affaires trouvaient leur solution. Le point d'eau de la savane. Après 10 h 30, il n'y avait quasiment jamais personne ici. Et, c'est bien connu, les gazelles attendent le départ des fauves pour venir s'abreuver.

Comme Jeanne qui préférait éviter les endroits trop fréquentés, les heures où elle risquait de rencontrer ses collègues. Ceux-là mêmes qui ne portaient pas attention à elle. Alors que, pourtant, elle avait toujours l'étrange impression d'être épiée, dévisagée. Autopsiée.

Elle mit une pièce dans l'automate et pressa la touche boisson chocolatée. Le café, elle préférait l'éviter aussi : il avait tendance à lui donner la bougeotte. Avec son gobelet fumant, elle s'appuya à une table haute. Le commissariat était en ébullition depuis ce matin. Parce qu' « il » avait encore frappé cette nuit. « Il », le tueur qui semblait avoir élu domicile dans la région et avait déjà assassiné deux femmes en quinze jours, mettant les hommes du capitaine Esposito sur les nerfs. Deux meurtres identiques qui marquaient sans doute l'avènement d'une macabre série. Mais Jeanne, la simple secrétaire, l'obscure gratte-papier, demeurait bien éloignée de tout cela.

Elle retourna dans son service et s'installa derrière son ordinateur. Elle avait du courrier à taper pour le Pacha et elle était en retard. Elle prit malgré tout le temps de vérifier que tout était bien en ordre sur son bureau. Que personne n'était venu fouiller dans ses affaires. Même si cela faisait sourire ses collègues. De toute façon, elles passaient leurs journées à la surveiller, à disséquer ses moindres mouvements. À se moquer d'elle. Peut-être étaient-elles jalouses ? Peut-être. Mais de quoi ?

***

Le quai habituel, les visages habituels. Sauf que ce soir, Jeanne les détaillait derrière ses lunettes. Elicius... Un petit souffle marin remontait tout droit de la Canebière, chargé d'une fraîcheur salée et désaltérante. Jeanne regardait encore, le sonar en alerte, passant au crible chaque nouveau venu. Mais aucun de ces hommes ne semblait avoir du sang divin. Et, lorsque le Marseille-Miramas arriva, elle fut la première à monter à bord. Ne pas se faire piquer SA place, ne pas laisser quelqu'un empiéter sur son territoire.

Elle alla bien vite s'asseoir et cala son sac entre ses pieds. Elle avait presque peur de regarder sur le côté du siège. Peur de ne rien trouver. Elle se pencha en avant pour vérifier que son sac était bien fermé ; pour se rassurer dans ce moment de doute.

Puis, elle glissa sa main à droite du fauteuil et sentit la douceur du papier entre ses doigts. Merci ! Merci mon Dieu !

Elle saisit la lettre et la garda longuement au chaud dans ses mains. Elle préférait attendre le début du voyage pour plonger dans sa lecture. Parce qu'elle aimait ce chant monotone, pulsations qui avaient quelque chose d'apaisant. Quelque chose d'humain. Et puis cette sensation de vitesse lui plaisait tant...

Les minutes s'éternisaient... Jusqu'à ce que le train ne se décide enfin à démarrer. Doucement, d'abord ; sans geste brusque. Le temps de sortir de la gare, d'affronter le soleil de Marseille et de mai. Une lumière violente inonda le wagon et Jeanne ouvrit enfin l'enveloppe.

Cette fois, il y avait deux feuilles. Une lettre plus longue que la première.

Elle sourit et regarda autour d'elle une dernière fois : personne ne l'espionnait, personne ne prêtait attention à elle. Son sac était bien fermé. Elle pouvait partir à la rencontre d'Elicius.

« *Mardi, le 13 mai,*
Ma chère Jeanne,
J'avais vraiment hâte de vous retrouver, de vous savoir à nouveau avec moi. J'espère que vous aussi, vous brûliez de ce rendez-vous... Et, comme je vous l'ai dit dans ma première lettre, j'aimerais que nous fassions connaissance, j'aimerais que vous sachiez tout de moi. Mais ce n'est pas facile de se raconter. Pas facile de trouver les mots. Pourtant, je sens que je peux avoir confiance en vous. Je suis sûr que vous ne vous attachez pas aux apparences. Que vous êtes capable d'aller bien au-delà de ce que voit le commun des mortels.

J'ai tellement de choses à vous dire, tellement de souffrance à vous écrire. J'aimerais être un autre, être différent de ce que je suis. J'ai tant de visages à oublier, tant de cris qui viennent me hanter. Pourtant, je ne regrette rien. Je n'y arrive pas. Ce sentiment terrible d'avoir fait ce que je devais faire. D'avoir rendu une justice trop longtemps bafouée.... »

Jeanne reprit sa respiration. Mais de quoi parle-t-il ? De quels cris, de quels visages ? Et de quelle justice ? Une angoisse encore un peu floue l'envahit. Elle serra les pieds contre son sac et continua.

« Je ne suis pas comme les autres, Jeanne. Tout comme vous, d'ailleurs. C'est pour cela que vous pourrez me comprendre. Je regarde le monde comme on regarde un film, sans avoir l'impression d'y participer. Un peu comme s'il tournait sans moi. Un étranger qui ne comprend pas grand-chose à ce qui se passe autour de lui. Peut-être parce qu'on a brisé ma vie, il y a longtemps. Et, depuis, tout n'est que vengeance. Haine et vengeance... »

Ce n'était plus des mots doux, des mots d'amour. Un cri, un hurlement qu'elle croyait entendre. Un frisson dans la nuque, des fourmis dans les jambes. Déstabilisée, Jeanne reprenait ses esprits. Elle pressentait que cette lecture la conduisait vers un monde dangereux, que ces lettres n'étaient pas inoffensives. Qu'elle allait peut-être souffrir. Mais depuis quand n'avait-elle pas souffert ? À moins qu'elle ne souffre chaque jour. C'est pas parce qu'on ne pleure pas qu'on ne souffre pas. Un petit tour d'horizon du wagon et de ses hôtes : aucun regard ne croisa le sien, la pression retomba. Et elle franchit à nouveau la limite.

« Je ne vais pas vous raconter ma vie, Jeanne. Pas encore. C'est trop tôt. D'ailleurs, je vais vous parler de vous. De ce que je ressens pour vous. Il y a si longtemps que je n'ai pas connu une telle attirance pour quelqu'un. Si longtemps que mon cœur est prisonnier de la glace... »

Un peu classique, pensa-t-elle. Un cœur prisonnier de la glace, c'est trop classique. Pas assez original. Mais, après tout, Elicius n'était pas un écrivain. Et ce courrier n'était pas le passage d'un roman. Alors, rien à foutre du style...

« Vous n'avez pas conscience de votre beauté, Jeanne. On dirait même que vous faites tout pour la cacher. De quoi avez-vous donc peur ? Peur que l'on vous regarde ? Que l'on vous trouve belle ? Parce que vous êtes belle, Jeanne. Et je ne me lasserai jamais de vous l'écrire. Avant de vous le dire, peut-être. Un jour. Dans ce train, pourquoi pas ! Je vous imagine, penchée sur ma lettre, sur mes mots. Je ferme les yeux et je vous vois. Chaque fois que je ferme les yeux, je vous vois. Je n'y peux rien, vous savez. Tout cela s'est imposé à moi le premier jour où je vous ai vue. Inutile de lutter, ce serait peine perdue. L'image de votre visage me réconforte dans les moments difficiles. Vous avez pris une telle importance dans mon univers... Je ne cesse de penser à vous et j'aimerais prendre la même place dans votre vie. J'aimerais que vous m'aimiez comme je vous aime, Jeanne. Mais, pour m'aimer, il vous faut me connaître. Savoir ce que je suis... »

Savoir ce que je suis. Choquant. Il aurait fallu dire *qui je suis*. Jeanne avait les mains crispées sur le papier, la respiration rapide. Les battements de cœur qui suivaient les soubresauts du train sur les jointures des rails. Il était vraiment amoureux d'elle. Des mots jamais dits, jamais entendus. Jamais lus. L'angoisse se précisait. Mêlée d'une excitation inconnue. Vite, reprendre une bonne inspiration et s'immerger à nouveau.

« Savoir ce que je suis... Certains diront un monstre. D'autres chercheront des explications lointaines, surgies de mon passé. Beaucoup jugeront, condamneront. Mais qui comprendra vraiment ? Vous, je l'espère.

Hier soir, j'étais avec une autre femme que vous... »

Une autre que moi. Un monstre. Un énorme pincement au cœur. On venait de passer une gare, le train s'était arrêté. Mais quelle gare ? Jeanne n'avait pas regardé dehors. Elle avait perdu ses repères. Une autre que moi. Ça y est, je vais avoir mal. Je ne veux pas avoir mal. Faudrait que j'arrête de lire. Mais je ne peux pas.

« Hier soir, j'étais avec une autre femme que vous. Mais je ne suis pas resté longtemps avec elle. Juste le temps de la tuer... »

Cette fois, Jeanne dut relire la phrase. Elle avait dû mal comprendre... Mais les mots étaient bien là, elle n'avait pas commis d'erreur. Elle ne put aller plus loin, d'abord. Cette phrase, elle la relut, encore et encore. Une bonne dizaine de fois. Comme si une barrière invisible empêchait ses yeux d'aller au-delà de ces quelques mots, simples et pourtant terrifiants. Alors, elle releva la tête...

Un soir comme un autre, entre l'Estaque et Niolon. La Méditerranée, bien plus bleue que le ciel. Les pins immenses qui se penchaient vers elle, fidèles prosternés dans une prière silencieuse. Et le soleil qui commençait à glisser vers les flots.

Elle avait replié les feuilles, peut-être pour les protéger des indiscrets. Elle hésitait, devait-elle continuer ? Non. Mais elle en avait envie. Par curiosité, étrange attirance vers un univers inconnu. Pourtant, elle savait que cette lettre allait changer sa vie.

« Elle s'appelait Charlotte Ivaldi. Ce nom ne vous dit peut-être rien et pourtant, vous le connaissez. Je suis sûr que vous le connaissez... »

Trois points de suspension qui lui laissaient un temps de réflexion. Charlotte Ivaldi... Effectivement, ce nom-là ne lui était pas inconnu sans pourtant lui être familier... Ce n'était pas une amie, elle n'en avait pas. Ce n'était pas non plus une collègue de travail. Ni même une voisine. C'était peut-être…

Jeanne porta soudain ses mains devant sa bouche. Pour ne pas crier devant tout le monde. Son cœur s'était emballé, pareil au train lancé à pleine vitesse. La même accélération, la même violence.

Il lui fallut du temps, mais elle se décida enfin à retourner dans l'autre monde…

« Vous vous rappelez ? Je sais que vous vous rappelez. Mais vous ne devez pas avoir peur de moi. J'ai remis les choses à leur place.

Et la place de cette femme était en enfer. Comme la première, Sabine Vernont. Cet enfer, j'en possède la clef.

Je vous imagine choquée, tremblante de peur. Et cette idée me déplaît. Sans vraiment me déplaire. Je ne sais pas trop en fait. J'ai promis de tout vous dire, je vous ai choisie comme confidente. Et vous n'avez rien à craindre de moi, Jeanne. Car vous n'êtes pas comme ces femmes. Celles à qui j'ai ôté la vie parce qu'elles ne la méritaient pas. Vous, c'est différent. Tellement différent…

Depuis le temps que je vous observe, j'ai appris à vous connaître, à vous aimer. Vous qui habitez encore chez votre mère dans cette petite maison de ville, rue Verdun. Vous qui prenez chaque matin le train de 6 h 45. Vous qui travaillez dans ce commissariat du 4ᵉ arrondissement de Marseille.

Vous voyez, Jeanne, je sais tout de votre vie, de vos petites habitudes. Je sais que vous vous mettez au lit vers minuit, chaque soir. Je sais que votre réveil sonne à 6 h 00. Je sais que vous prenez votre petit déjeuner avec votre mère et qu'ensuite, vous vous rendez à pied à la gare toute proche. Et tellement de choses encore...

Comprenez-moi bien, chère Jeanne, mon but n'est pas de vous effrayer. J'en serais bien trop peiné. Mais ces lettres doivent rester entre vous et moi. Elles vous sont réservées. À vous, et à vous seule. Et si jamais vous trahissiez ma confiance, je ne le supporterais pas. Je ne pourrais l'admettre. L'enfer n'est pas pour vous, Jeanne. Alors ne m'obligez pas à vous y précipiter. Ne me trahissez pas, acceptez de devenir ma confidente.

Je sais que vous pouvez me comprendre. Ne pas me juger à la hâte, comme ils le font tous.

Tous ces gens qui ne comprennent rien, ou si peu, à ce qu'est la vie sur cette terre.

Je vous écrirai souvent, Jeanne. Je sais que je trouverai une écoute sincère et lucide auprès de vous. Que je trouverai le bonheur auprès de vous.

À très bientôt, chère Jeanne.

Elicius »

La rame venait de passer la gare de Niolon. Déjà. Mais ce soir, Jeanne n'avait pas pris le temps d'admirer les délicats jeux de lumière entre le ciel et l'eau. D'ailleurs, elle ne voyait plus grand-chose. Elle aurait pu se mettre à pleurer, sauf qu'elle ne pleurait jamais. Elle se contenta de trembler. Des frissons dans tout le corps. Elle remit la lettre dans l'enveloppe et l'enveloppe dans le sac. Et le train traça sa route, imperturbable. Tandis que le cœur de Jeanne s'affolait toujours. Le tueur. Celui que traquaient sans relâche le capitaine Esposito et son équipe.

Se calmer. Elle tourna la tête vers l'extérieur, se raccrochant aux paysages qui défilaient dans un ordre inchangé. Repères rassurants. Le train roulait encore, la Terre tournait encore. Le convoi ralentissait sur un grand viaduc, il allait s'arrêter à la Redonne-Ensuès. À peine deux minutes et seulement deux quais, devant une grande et vieille bâtisse burinée par les embruns. Bientôt, elle serait à Istres. Bientôt, elle serait chez elle. Comment pouvait-il connaître son adresse ? Il a pris le train avec moi, il m'a suivie. Il habite peut-être à Istres, lui aussi. Encore un frémissement qui la secoua de la tête aux pieds. Elle l'imaginait, épiant le moindre de ses gestes. Sur ses talons quand elle marchait jusqu'à la gare, tapi comme une bête en bas de chez elle.

Le TER se remit en marche pour la suite du voyage... Carry-Le-Rouet, Sausset-Les-Pins, La Couronne, Martigues... Elle connaissait l'itinéraire par cœur, elle anticipait les mouvements du train. Les endroits où il pouvait se lancer à pleine vitesse et ceux, plus nombreux, où il devait ronger son frein. Les viaducs, les tunnels, les ponts, ouvrages fréquents sur cette voie hors du commun. Se concentrer sur les images, sur le bruit de la machine.

Elle ferma les yeux ; à quoi ressemblait Elicius ? Pour le moment, elle ne voyait qu'un être sanguinaire, des yeux rouges, des dents acérées. Une sorte de monstre à visage inhumain. Rouvrir les yeux, vite. À gauche, la Méditerranée qui projetait son dégradé de bleus à l'infini. À droite, ensuite, l'étang de Berre. Un train cerné d'eau, un train sauvage. Encore un arrêt en gare de Martigues ; Jeanne en profita pour vérifier que son sac était bien fermé. Et le régional continua son chemin, entre cauchemar et réalité. Immense zone industrielle qui dressait sa sinistre silhouette au-dessus des flots : on arrivait à Fos-Sur-Mer. Il ne restait plus que les stations de Rassuen, où le train ne prenait pas la peine de s'arrêter, et celle d'Istres. D'habitude, à ce stade du trajet, elle rangeait son roman et enfilait son blouson. Pour être parmi les premiers à descendre. Mais ce soir, elle n'était pas pressée de quitter ce wagon. Sans doute parce qu'elle s'y sentait en sécurité. Et s'il m'attendait à la gare ? Il va peut-être me suivre, jusque chez moi... Son esprit était bien loin de son corps. Il glissait sur les voies, survolant les panoramas dont la laideur ou la beauté ne la touchait même plus. Complètement absorbée par des images hypnotiques, les mots d'Elicius qui dansaient dans son crâne comme de petits insectes au vol bruyant et désordonné. Elle pensait à ces femmes, victimes de la main qui lui avait écrit ces mots d'amour, si beaux, si touchants. Deux cadavres qui venaient de briser la belle aventure. Déjà.

Soudain, un bruit la fit sursauter ; un type, trois fauteuils devant, venait d'éternuer. Jeanne fit une grimace de dégoût puis reprit sa contemplation. Elle réalisa alors qu'elle ne connaissait pas le paysage qui défilait derrière les vitres. Son visage se crispa et elle se leva d'un bond sous le regard curieux des autres passagers.

Les deux mains appuyées contre la fenêtre, elle cherchait un point de repère. Quelque chose à quoi se raccrocher. Mais elle s'aperçut que les ennemis la fixaient. Alors, elle retomba sur son siège et vérifia que son sac était bien fermé. Ne pas s'affoler, ne pas perdre son sang-froid. Quelle était la gare après Istres ? Miramas. C'était celle de Miramas. Mais peut-être le train l'avait-il déjà dépassée ? Non, impossible : Miramas était le terminus. Comment avait-elle pu rater Istres ? À moins que... À moins que le train ne se soit pas arrêté du tout. Il y avait peut-être un problème technique. Ou bien quelqu'un l'avait détourné ! Non, on ne détourne que les avions, pas les trains ! L'angoisse montait et, fort heureusement, le TER commença à ralentir.

Jeanne se leva à nouveau et vit approcher un quai. Un panneau bleu : Miramas. Elle avait raté deux gares ! Ça ne lui était jamais arrivé... Elle regarda sa montre : 18 h 40. À peine dix minutes de retard. Dix minutes qu'ils avaient dépassé Istres !

Les portes s'ouvrirent, Jeanne se précipita sur le quai et se mit à courir vers la grande bâtisse de verre et d'acier qu'elle connaissait à peine.

À bout de souffle, elle consulta les horaires des régionaux et constata que le prochain Miramas-Marseille passait à 19 h 35. Arrivée à Istres à 19 h 44. Plus d'une heure de retard ! Elle alla s'asseoir sur un banc et prit son portable dans son sac à main. Elle devait appeler sa mère et appréhendait ce moment.

— Allô ?
— Maman ? C'est moi...
— Où es-tu, ma chérie ?
— À Miramas...
— Miramas ? Mais qu'est-ce que tu fais à Miramas ?
— Je me suis endormie dans le train et j'ai raté Istres...
— Endormie ? Tu vois, je te l'avais dit ! Tu te couches trop tard ! Tu passes des heures à rêvasser et ensuite, tu es fatiguée ! Et tu t'endors dans le train ! Et si tu ne t'étais pas réveillée, hein ? Si tu avais continué jusqu'à Arles !
— Mais ce train s'arrête à Miramas, maman...
— Même ! Jusqu'à Miramas ! Tu vas rentrer tard ?

— Le prochain train arrivera à Istres à huit heures moins le quart…

— Huit heures moins le quart ! On va encore manger à n'importe quelle heure !

Encore ? Et pourquoi encore ? Je rentre chaque soir à l'heure. Et, chaque soir, la table était mise à 19 h 30. Invariablement. Une vie réglée comme du papier à musique. Un peu comme celle d'un vieux couple.

Elle éloigna le téléphone de son oreille et ferma son esprit à cette voix qui lui faisait mal. Mais dont, pourtant, elle ne pouvait se passer. L'amour passionnel unissant ces deux femmes, avait quelque chose de fascinant et en même temps d'effrayant. Parce que Jeanne avait vingt-huit ans et que sa mère la traitait toujours comme une adolescente. Elle repensa soudain au jour où elle lui avait annoncé qu'elle avait un poste à Marseille. C'est pas le bout du monde, Marseille. Néanmoins, ce fut un déchirement atroce. Sa mère, en larmes, assise sur le vieux fauteuil du salon. Et Jeanne, debout face à elle et qui n'arrivait pas à pleurer.

Pourquoi n'arrivait-elle jamais à pleurer ? Tu n'as pas de cœur, ma fille ! Tu es un monstre ! Non, elle n'était pas un monstre. Elle ressentait des émotions. Surtout des craintes. Pourtant, elle n'arrivait jamais à fondre en larmes. Comme un froid immense en elle. Un cœur prisonnier de la glace. T'en fais pas, maman, je ne prendrai pas un appartement à Marseille. Je ferai le trajet chaque matin et chaque soir…

— J'ai plus de batterie, maman. Ça va couper. À tout à l'heure !

— Mais…

Jeanne raccrocha et remit son portable dans le sac. Il était bien fermé, elle fut rassurée. Elle regarda autour d'elle : un quai presque désert, un soleil de mai à l'agonie. Rassurée encore par la solitude que lui offraient ces lieux. Ce soir, dans sa chambre, quand sa mère dormirait enfin, elle relirait la lettre d'Elicius. Elle aurait presque pu pleurer.

Presque.

Chapitre trois

Les yeux perdus dans Jupiter. Un grand livre ouvert sur le petit bureau, une faible lumière par-dessus. Appuyée sur ses coudes, le regard imprécis, Jeanne était comme absente. La fenêtre de sa chambre entrouverte, un petit filet d'air froid traversait la pièce obscure. Ambiance intime, solitude entière... En apparence. De l'autre côté de la cloison, sa mère dormait encore. À peine 5 h 30 du matin ; Jeanne n'avait pas regardé son réveil, pourtant. Seulement entendu les éboueurs.

Une nuit blanche, une de plus. Elle avait l'habitude ; ça lui arrivait souvent. Des insomnies qui la poursuivaient depuis l'enfance. Des tourments inexpliqués, peut-être peur de ses rêves, miroirs de ses angoisses. Elle referma le livre sur la mythologie grecque et romaine, puis relut encore la deuxième lettre du tueur. Non, Elicius, c'est mieux. Ça fait moins peur.

Dans une demi-heure, se doucher, s'habiller et prendre son café dans la cuisine. C'était toujours sa mère qui le lui préparait. Ensuite, le chemin de la gare, à peine deux cents mètres à pied. Encore moins à vol d'oiseau. Le défilé des trains berçait son univers depuis si longtemps. Depuis toujours. Cette maison l'avait vue naître, grandir. Devenir insomniaque. Elle se leva et alla à la fenêtre, respirer un peu. Istres sortait doucement de sa torpeur nocturne, le petit jour filtrant déjà au travers de la brume de l'étang de Berre. Le 5 h 40 n'allait pas tarder à s'élancer vers Marseille. Elle ne pourrait le voir, seulement l'entendre. Comme Elicius. Seulement le lire. Elle remit la lettre dans l'enveloppe et cacha le tout dans un tiroir fermé à clef. Sans oublier de mettre la clef dans le sac. Puis elle se mit à marcher, pieds nus sur le parquet. Et à soliloquer à voix basse.

— Tu dois aller parler aux flics…

— Parler aux flics ? Mais t'es cinglée ! Il va me tuer si je parle aux flics !

Elle tournait autour du bureau, les bras croisés, la tête penchée en avant.

— Ah oui ? Il va te tuer ? Tu as peur de lui, c'est ça ? Oui, c'est ça ! Avoue-le !

— Non, je n'ai pas peur de lui ! Mais il a confiance en moi et je ne peux pas le trahir…

— Le trahir ? Mais tu parles d'un tueur ! Un putain de tueur en série ! Tu dois aller parler aux flics ! T'as qu'à voir le capitaine Esposito. Avec ces deux lettres, tu vas lui en boucher un coin ! Tu vas voir qu'après ça, il va te remarquer…

— Me remarquer ? Et après ? Ça changera quoi, hein ? Qu'est-ce que tu veux que je fasse ? Tu sais très bien que ça ne servira à rien qu'il me remarque !

Une toupie qui tourne sur elle-même, encore et encore. Combat avec un adversaire invisible. Une solitude à deux, en vérité. Jeanne gravitait toujours autour du bureau, ses pieds glissant sur le bois ciré.

— Je vais me ridiculiser si je vais voir Esposito ! J'irai pas…

— Te ridiculiser ? Tu préfères le laisser continuer ? Le laisser continuer à tuer alors que tu peux l'arrêter ? Mais, ma pauvre Jeanne, tu es morte de trouille ! C'est pitoyable ! Regarde-toi…

— Arrête de me faire chier, maintenant ! J'irai pas voir Esposito ! Je vais attendre. Un point c'est tout !

Le mystérieux double se replia dans l'ombre, vaincu, et Jeanne arrêta enfin de tourner en rond.

Sa mère s'était levée. Elle était dans la cuisine, elle préparait le café. Il était l'heure de rejoindre le monde du jour, celui du vivant. Seule contre tous ; seule, mais pas vraiment.

Après une douche rapide, elle s'habilla puis ouvrit les volets de sa chambre. Et le 6 h 16 s'élança à la poursuite du 5 h 40. Sans la moindre chance de le rattraper.

***

Une journée entière à attendre. À appréhender le retour vers Istres, le troisième courrier d'Elicius. Mais il ne lui écrirait peut-être pas chaque jour. Il ferait sans doute des pauses. Jeanne rangea ses affaires : crayons, stylos et agrafeuse regagnèrent le tiroir dans un ordre martial. Le portable dans le sac, le sac bien fermé. Le capitaine Esposito n'était pas passé aujourd'hui. Sans doute était-il de repos. Ou avait-il trop de travail. Et si Elicius avait encore frappé ? Elle se leva et enfila son blouson.

— Au revoir, à demain…

— À demain…

Elle fut la première à partir, comme chaque soir. Elle s'en allait plus tôt parce qu'elle habitait loin. En échange, elle ne prenait qu'une courte pause entre midi et deux.

L'escalier et deux étages à descendre.

Dehors, le soleil brillait encore. Jeanne hâta le pas. Ne pas rater le train, ne pas laisser la lettre entre les mains de quelqu'un d'autre. Sa lettre.

Tu devrais avoir honte de toi, Jeanne ! Honte de couvrir un salaud pareil... J'ai pas le choix ! Il n'y aura peut-être pas de lettre, ce soir. Et puis, qu'est-ce que tu veux que je fasse ? J'y suis pour rien, moi ! Je lui ai pas demandé de m'écrire !

Fin de l'affrontement avec ce double qui envahissait son cerveau. Repousser l'autre, le plus loin possible. Et courir jusqu'au métro. La tension montait, pas après pas, seconde après seconde.

Mais l'autre n'avait pas dit son dernier mot : tu dois aller parler à Esposito ! Il faut dénoncer ce fou aux flics ! Il faut leur dire qu'il prend souvent ce train... Est-ce que mon sac est bien fermé ? Oui, il est bien fermé. Et cette voix, qui hurle dans ma tête. Arrête, par pitié ! J'irai pas voir Esposito !

Les souterrains, le quai du métro. Jeanne serrait son sac contre elle, fixant le trou noir d'où allait surgir la rame. Celle qui l'emmènerait vers Elicius.

Encore lui ? Tu ne penses plus qu'à lui, ma parole ! T'es cinglée ! Ouais, je suis cinglée et arrête de me harceler ! Mais qu'est-ce qu'il fout, ce métro ? Je vais être en retard ! Non, le voilà. Le gémissement aigu des freins sur le métal rectiligne, les portes qui s'ouvrent, les voyageurs qui s'engouffrent. Pas de place assise, bien sûr. Alors Jeanne s'accrocha à une barre verticale et une secousse annonça le départ. Plus que trois stations avant Saint-Charles. Mais pourquoi tous ces gens me regardent-ils ? Personne ne te regarde, Jeanne. Tu te fais des idées.

La locomotive d'un autre âge avança lentement vers le quai N. Jeanne était là pour l'accueillir. Son cœur accélérait tandis que la BB ralentissait. Et elle comprit, avec une sorte d'horreur, que ces pulsations désordonnées étaient celles d'un cœur avide de ce rendez-vous désormais quotidien.

Une forte affluence, en cette fin d'après-midi. Mais elle eut tout de même sa place. Comme si personne n'osait s'asseoir ici ; comme si cet exil au fond du train lui était implicitement réservé. Exclusivement réservé. Et, ce soir plus que jamais, elle hésita à regarder entre le siège et l'armature du wagon. Elle tordait ses mains l'une contre l'autre, signe d'angoisse. Elle vérifia que personne ne l'observait, que personne ne se rendrait compte qu'elle prenait une lettre, qu'elle était en contact avec ce monstre. Mais elle ne surprit que de l'indifférence.

Alors elle passa la main sur le côté et sentit le papier entre ses doigts. Il ne l'avait pas oubliée, aujourd'hui encore. L'enveloppe glissa sur ses genoux et elle posa ses mains dessus pour la dissimuler à l'indiscrétion, attendant que le train entame sa danse métallique.

Chaque pulsation cardiaque faisait monter l'adrénaline. Joie et peur mélangées. De la joie ? Mais pourquoi de la joie, au fait ? Non, c'est plutôt une sorte d'excitation enfantine. L'impression que j'évolue dans un roman policier. Un tueur est amoureux de moi ! Putain ! Y a qu'à moi que ça arrive, ce genre de trucs !

Le train s'élança mais Jeanne n'ouvrit pas son message. Tu ne dois pas lire cette lettre. Tu dois la remettre où tu l'as trouvée ! Comme ça, il verra que tu ne t'intéresses pas à lui... S'il pense que je ne m'intéresse pas à lui, il me tuera ! Il prendra ce refus comme une offense et il me tuera ! Comme Sabine Vernont ! Comme Charlotte Ivaldi... Tu ne dois pas entrer dans son jeu ! Tu cours au suicide ! Tu ne dois pas lire cette putain de lettre ! Tu ne dois pas, Jeanne... La peur grandissait. L'enveloppe sur les genoux, le regard fixe. Il sait où j'habite, il sait où je travaille. Il sait quel train je prends chaque jour. Les minutes lui semblaient des secondes. Le cœur serré, l'angoisse étouffante. Lire ou ne pas lire cette lettre. Entrer dans le monde barbare d'Elicius ou ne pas y entrer. Elle avait toujours détesté les choix. Toujours détesté prendre des décisions.

La gare de l'Estaque, déjà. Et l'enveloppe sur les genoux, toujours. Elle la fixait comme un piège à mâchoires qui menaçait de se refermer sur sa main au moindre geste brusque. Le TER repartit, direction Niolon. La mer était toujours aussi belle, toujours aussi bleue. Mais ce soir, elle ne parvenait pas à la rassurer. C'était trop dur de choisir. Allait-elle faire un faux pas ? Commettre une erreur fatale ? Demain, elle serait peut-être morte. Il ne supporterait pas cette marque de méfiance, il allait se venger. Elle était la prochaine sur la liste. Mais non, elle ne pouvait lire ce que cette main meurtrière avait écrit. Impossible ! L'autre avait raison, comme toujours.

Alors, elle fit doucement glisser l'enveloppe à droite de son fauteuil, là où elle l'avait trouvée. Puis elle se força à contempler le paysage. Elle avait été raisonnable, il ne lui écrirait plus jamais. Elle avait pris la bonne décision. Le tout était maintenant d'y croire, de se persuader. Heureusement, l'autre était là pour l'aider.

Tu as bien fait, Jeanne. Tu as bien fait.

Chapitre quatre

Jeudi 15 mai.
Journée difficile. Jeanne regarda sa montre, une fois de plus : 15 h 50. Pas encore l'heure de quitter le bureau. C'était terriblement long, aujourd'hui. Elle se leva, se rendit dans le couloir. Simplement pour faire quelques pas. Pour chasser un peu de stress et d'ankylose. Sait-il déjà que j'ai refusé de lire sa lettre ? Est-il furieux ? Est-ce qu'il m'attend dans le train ? Ou sur le quai ? Peut-être en bas de chez moi. Pour me tuer.

Elle s'arrêta de marcher ; quelqu'un la dévisageait. Elle n'avait pourtant pas parlé à voix haute. Alors pourquoi ce gars la reluquait-il ? C'était qui, d'ailleurs ? Un type petit et bedonnant, debout près de la machine à café, et qui la fixait bizarrement. Mais pourquoi il me mate, celui-là ?

Soudain, la peur. Fulgurante. Et si c'était... Elicius ? Non, pas ici, pas déjà ! Calme-toi, Jeanne. Rentre dans le bureau comme si de rien n'était. Le mec souriait, maintenant. Un sourire suspect. Jeanne baissa les yeux et se hâta de rejoindre son poste. Ses collègues l'observaient du coin de l'œil tandis qu'elle reprenait sa place derrière l'écran, faisant semblant de travailler. Parce qu'elle n'avait pas la tête à ça. Les mots se mélangeaient, les chiffres valsaient. Et si je prenais le train suivant ? Oui ça, c'est une bonne idée ! Le train suivant. Comme ça, il ne me trouvera pas... Tu es stupide, ma pauvre Jeanne ! Si tu prends le train suivant, il peut t'attendre. C'est le train d'avant qu'il faut prendre ! Prendre un temps d'avance sur lui, voilà la solution... Merci du conseil ! Elle se mit alors à ranger ses affaires et ses collègues la dévisagèrent encore. Puis elle se leva et enfila son blouson.

— Il... Il faut que je m'en aille plus tôt ce soir, dit-elle d'une voix mal assurée. J'ai... Je dois accompagner ma mère chez le médecin et...

— Ça va, t'as pas à te justifier. Tu fais comme tu veux, répondit Monique.

Monique Bellegarde, sa chef de service. Une sorte de vieille peau accro aux UV et fringuée comme une adolescente.

— Je rattraperai mes heures demain...

— Ça va, j'te dis...

Jeanne prit son sac, vérifia que son tiroir était fermé et se précipita dans le couloir. Le mystérieux buveur de café était parti ; fausse alerte.

Tandis qu'elle descendait les étages, Jeanne essayait de se souvenir des horaires du régional Marseille-Miramas. Il y en avait un à 16 h 23. Elle regarda à nouveau sa montre tandis qu'elle était déjà dans la rue : 16 h 05. Ça va être dur de le choper !

Elle se mit alors à courir. Elle détestait courir dans la rue ; c'est la meilleure façon de se faire remarquer ! Mais bon, pas le choix... Heureusement que j'ai mis mes vieilles godasses ! Traverser n'importe où, entre les voitures bloquées aux carrefours. Ici, les piétons évitent les passages cloutés et les voitures ignorent les feux rouges. Question de principe. Le tout est d'être au courant, de prendre les mauvaises habitudes... Courir encore, entre les étals des vendeurs de prêt-à-porter qui bouffent les trottoirs...

Accélérer. Le métro, l'escalier, le portique et le quai. Par chance, une rame se présenta immédiatement. 16 h 12 : challenge difficile. Allez, roule ! Accélère ! C'est une question de vie ou de mort ! Elle tenta de se rassurer : entre le 16 h 23 et le 17 h 36, il y avait aussi le 16 h 55. Sauvée ! Quoi qu'il arrive, elle ne prendrait pas le 17 h 36, devenu train de la mort, correspondance pour l'enfer. Sauvée, pour le moment. Mais demain ? Et les jours d'après ? Elle ne pourrait partir plus tôt chaque soir ! Merde ! Parce qu'Elicius devait être du genre patient. À guetter ses proies pendant des jours. À attendre son heure, tapi dans un coin sombre. *Vous n'avez rien à craindre de moi, Jeanne...* Il le lui avait écrit mais elle n'arrivait pas à le croire.

Les portes s'ouvrirent et elle quitta la voiture, bousculant tout le monde. 16 h 19. Elle courut encore, remontant vers la gare. Elle traversa la verrière, se précipita vers le quai N. La BB était déjà là, chauffant son moteur. Elle grimpa dans le dernier wagon et constata que sa place était prise. Normal, à cette heure, ce n'était pas « sa » place. Elle s'assit n'importe où et reprit son souffle. Elle avait réussi ! Bravo, Jeanne ! Tu es la meilleure ! Il n'aura pas ta peau ! Il pourra toujours t'attendre !

Port-de-Bouc : trois minutes d'arrêt. Jeanne jeta un œil : pas d'individu suspect en vue, pas de type bizarre au pied de la grande et vieille bâtisse aux volets blancs, écrasée de soleil. Personne sur les bancs à la douce couleur verte, pastel qui rappelait la mer... Et pourquoi ce nom, Port-de-Bouc ?! Elle ne s'était jamais posé la question mais aujourd'hui, il fallait se changer les idées... Trois minutes après, le train repartait. Direction Fos-Sur-Mer. Fos et ses raffineries géantes, ses cimenteries et ses usines chimiques. Jeanne était obligée de regarder par la fenêtre ; elle n'arrivait pas à lire. Plus loin, le paysage redevint sauvage, épargné de la main de l'homme. L'étang d'Engrenier dont la surface arborait de curieux reflets rosés ; le sel qui jouait avec le soleil...

Un long tunnel, ensuite. Quatre cents mètres de nuit et un nouvel étang, celui de Lavalduc. Le train ne pouvait aller vite sur ce tronçon. Il laissait ainsi à ses passagers le loisir d'admirer ce ballet entre le ciel et l'eau, les danses aériennes des oiseaux, un enchantement qui aidait à oublier la laideur des cheminées immenses à l'haleine toxique... Mais qui ne suffisait pas pour oublier Elicius. Ruminait-il sa colère ? Maudissait-il celle à qui il avait cru pouvoir faire confiance ?

Jeanne ferma les yeux. Et s'il s'en prenait à maman ? SI je la trouvais morte en rentrant ? Elle se remémora soudain la façon dont il tuait ses victimes. À l'arme blanche, toujours. En prenant son temps. Rituel barbare, cruauté inimaginable. Mais de quoi se vengeait-il ? Quel était donc son mystérieux et terrifiant secret ? Oublie-le Jeanne ! Oublie-le...

Istres. Fin du voyage.

Jeanne hésita à descendre. Pourtant, elle n'avait guère le choix. Elle vérifia que son sac était bien fermé et se lança dans l'inconnu. Peut-être dans les griffes du tueur. Tête baissée, elle quitta la gare. Plus que deux cents mètres et elle serait en sécurité. Sa mère allait lui poser des questions. Pourquoi tu rentres plus tôt ? Qu'est-ce qui ne tourne pas rond ? Tellement de choses, en fait. Depuis si longtemps. Mais c'était peut-être héréditaire.

Elle entendit des pas derrière elle et se retourna : personne... La rue de Verdun, le numéro 36... Le portail, l'allée bétonnée au centre du petit jardin... La clef dans la serrure... Ouf ! J'y suis arrivée.

— Maman ? C'est moi...

Elle était encore devant la télévision. Comme toujours. Hypnotisée par cette avalanche d'images aseptisées.

Jeanne s'approcha du fauteuil et se pencha pour embrasser sa mère.

— Bonsoir, maman...
— Hum... Il est déjà six heures et demie ?
— Non, maman. Il est cinq heures et demie...

Elle regarda enfin sa fille avec des yeux agrandis par l'étonnement.

— Cinq heures et demie ? Mais pourquoi tu rentres de si bonne heure ? Hein ? Qu'cst ce qu'il y a ? Qu'est-ce qu'il se passe ?

Déluge de questions, de doutes. Presque de la peur dans ses yeux.

— Rien, maman. J'ai fini plus tôt, c'est tout...
— Mais tu as le droit ? Tu peux finir quand tu veux ? Tu es sûre ?
— J'avais des heures à rattraper. Ne t'en fais pas...

Rassurée, la mère reprit sa contemplation silencieuse.

Jeanne passa dans la cuisine où son courrier l'attendait. Sa mère avait enfin compris qu'elle ne devait pas l'ouvrir. Il avait fallu une dispute mémorable pour y arriver ; des cris, des hurlements. Il avait fallu attendre d'avoir plus de vingt-cinq ans pour y arriver ! Jeanne se servit un grand verre d'eau fraîche et jeta un œil à sa correspondance. Et, soudain, elle mit à tousser violemment.

— Qu'est-ce qu'y a, ma fille ? Qu'est-ce qu'il t'arrive ?
— Rien, maman... J'ai avalé de travers...

Elle s'empara des enveloppes et s'enfuit vers sa chambre. Là, elle ferma la porte et tomba sur son lit.

Elicius. Elle avait reconnu son écriture sur l'une des missives. Pas de timbre ; elle avait été directement déposée dans la boîte aux lettres. Il était venu jusqu'à chez elle ! Il n'avait pas renoncé. Il devait être furieux...

Elle hésita longtemps puis se décida. Malgré une mise en garde en forme d'injonction.

— Jette cette lettre, Jeanne ! Ne la lis pas !
— Vaut mieux que je sache ce qu'il veut !
— Non, ne la lis pas !
— J'ai pas le choix, merde !

Elle refusa d'obéir à son maître et déchira doucement l'enveloppe. Une seule feuille. Toujours la même encre, noire. Une écriture un peu moins douce. Plus nerveuse.

« Jeanne,

Je ne comprends pas. Vous n'avez pas lu ma dernière lettre et je ne comprends pas. Pourtant, vous étiez dans le train, hier soir. Je le sais. Et vous n'avez pas lu ma lettre. Vous me rejetez ? Vous refusez de m'écouter ? Quelle cruelle déception, Jeanne ! Si vous saviez comme j'ai souffert ! Si vous saviez... Vous avez décidé de me faire du mal, de me blesser. Moi qui croyais pouvoir avoir confiance en vous ! Moi qui croyais pouvoir tout vous dire...

Je me suis offert à vous, je ne vous ai rien caché. Et je crois que je me suis trompé sur votre compte, Jeanne.

Quelle horrible journée... Que d'espoirs déçus...

Comment avez-vous pu me faire ça ? Comment avez-vous pu me trahir de la sorte ?

Après la douleur, la colère. Je la sens en moi, je voudrais la contrôler. Mais je n'ai jamais su la contrôler. Je n'ai jamais pardonné la trahison, Jeanne. Jamais.

Elicius. »

Jeanne ne bougeait plus. Déjà condamnée, déjà exécutée.

— Putain ! J'aurais dû lire cette lettre ! Maintenant, il va me buter !

— Calme-toi, Jeanne !

— Non, je ne me calmerai pas ! Il va me tuer, j'te dis !

— Appelle Esposito !

— Esposito ? C'est ça ! Excellente idée ! Ce fou connaît le moindre de mes mouvements ! S'il sait que j'ai appelé les flics, j'ai plus aucune chance de m'en sortir !

— Et comment veux-tu qu'il sache ?

— Mais j'en sais rien, moi ! Il sait tout ce que je fais !

Elle se leva et se mit à tourner en rond.

— Calme-toi, Jeanne !

— Non, je me calmerai pas !

Elle se rassit sur le lit et se mit à faire le pendule. Elle se balançait d'avant en arrière, la bouche entrouverte, les mains jointes sur ses cuisses. Avant, arrière...

Il va me tuer. Cette nuit peut-être. Il rentrera dans ma chambre, il me tranchera la gorge.

Avant, arrière...

Il tuera maman aussi. Avant, arrière... Et, soudain, une lumière.

— Et si je lui écrivais ? murmura-t-elle.

— Hein ? Mais t'es givrée !

— Mais non ! Je pourrais le rassurer ! Lui dire que... Que je n'ai pas pu avoir ma place, que je n'ai pas pu avoir sa lettre ! Il se calmera comme ça !

L'autre restait muet, réfléchissant à cette proposition. C'était bon signe.

— Ouais, peut-être... Ça peut peut-être marcher.

— Je le fais ! s'écria Jeanne en se levant.

Elle prit une feuille blanche et un stylo plume à l'encre bleue dans le tiroir. Le tout était maintenant de trouver les mots.

Qu'est-ce qu'on peut bien écrire à un tueur en série ?

« *Elicius,*

J'ai trouvé votre message dans ma boîte et je comprends votre colère. Mais elle n'est pas justifiée, je vous l'assure. Hier soir, je n'ai pas pu lire votre lettre. Pour la bonne raison que je n'ai pas pu m'asseoir à ma place habituelle, quelqu'un m'avait devancée. Et à Istres, cette personne n'était toujours pas descendue. J'ai prié pour qu'elle ne trouve pas l'enveloppe, pour qu'elle ne lise pas ce que vous aviez écrit pour moi et pour moi seule. Mais elle ne l'a pas vue. J'espérais la retrouver ce soir, mais j'ai été obligée de partir plus tôt et de prendre un autre train. J'espère que vous comprendrez et que vous reviendrez sur votre jugement. Et j'attends avec impatience votre prochaine lettre.

Jeanne. »

Elle se relut et fut satisfaite. Mais l'autre se remit à protester

— Voilà, comme ça, il va plus te lâcher !

— Tais-toi ! Tais-toi...

Sa mère entra soudain dans la chambre. Sans frapper, comme d'habitude. Comme si elle était chez elle. Comme si Jeanne avait encore cinq ans.

— À qui tu parles ?

— Moi ? À personne...

— Mais je t'ai entendue parler ! insista Jacqueline.

Jacqueline. Un prénom horrible. Pas pire que Jeanne si on y songe. Comme ça, elles avaient les mêmes initiales.

— T'as rêvé ! lança Jeanne en cachant la feuille dans son tiroir.

— Non, je n'ai pas rêvé.

Mais elle va pas te ficher la paix !

— Je pensais à un truc, c'est tout...

— Et tu penses à voix haute ?

— Oui ! Pourquoi, c'est interdit ?

— Ma pauvre Jeanne ! soupira Jacqueline. Ma pauvre Jeanne...

Elle fit demi-tour mais ne prit pas la peine de fermer la porte derrière elle.

— Elle écoute aux portes, ma parole ! Quelle saleté !

— Traite pas ma mère !

Le double préféra ne pas insister. Inutile de se battre sur ce terrain : Jeanne avait toujours le dernier mot quand il s'agissait de défendre sa mère.

***

Le capitaine Esposito ouvrit la fenêtre de l'appartement. Il avait besoin d'air. Derrière lui, les hommes s'activaient. Relever les empreintes, prendre des photos du corps. Il ferma les yeux. Troisième victime.

— Fils de pute ! murmura-t-il. J'aurai ta peau !

Il se retourna et se trouva à nouveau face au cadavre. Une femme de quarante ans à tout casser. Mais dans son état, on arrivait tout juste à deviner son âge. Avec ce qu'il restait de son visage. Et ses yeux ! Ses yeux emplis d'une ultime terreur. Vraiment trop dur, alors il quitta la pièce.

Dans le couloir, il s'appuya contre le mur et serra les mâchoires. Depuis que ce tueur hantait la ville, sa vie était devenue un enfer. Un échec chaque jour répété. Aucun indice, aucune empreinte. Aucun témoin, jamais. Le néant.

La nuit, il avait peur de dormir. Peur de revoir le visage blessé de ces femmes et leurs yeux, toujours ouverts. Il croyait entendre leurs cris, revivait leur martyre. Impuissant… Chaque jour, peur de trouver un nouveau cadavre. Une autre femme assassinée, les mains ligotées dans le dos et découpée en morceaux. À genoux face à un mur. Comment pouvait-on prendre son pied de cette façon ? Le « profiler » venu de Paris avait parlé d'un type impuissant, victime d'une mère castratrice. Et alors ? Y en a plein les rues, des types impuissants ! Heureusement qu'ils ne se défoulent pas tous de cette manière !

Il se décida à revenir sur les lieux du crime.

La malheureuse s'appelait Bénédicte Décugis. Trente-quatre ans, divorcée, un enfant. Négociatrice dans une agence immobilière. Esposito écoutait le résumé de son subordonné sans bouger.

— Vous avez trouvé quelque chose ? demanda-t-il sèchement.

— Non, rien pour le moment...

Il se mit alors à distribuer les ordres d'un ton autoritaire, façon arme automatique :

— Interrogez les voisins, les proches, les collègues de travail. Je veux un relevé des appels reçus et émis depuis son fixe et son portable. Disséquez le disque dur de son ordinateur, vérifiez si elle a reçu des mails, si elle nouait des contacts sur le net ! Et vous m'épluchez son agenda, aussi ! Qui a trouvé le corps ?

Il n'obtint pas de réponse dans la seconde et donna de la voix.

— Qui a trouvé le corps ?

— La jeune fille au pair qui va chercher son fils à l'école et le ramène ici, expliqua précipitamment Lepage.

— Et elle est où, cette fille ?

— Elle a emmené le petit chez son père...

— Convoquez-la-moi au commissariat ! Je veux la voir dans une heure ! Et je veux voir aussi l'ex-mari... Elle avait un mec en ce moment ?

— On ne sait pas encore...

— Ben, faut savoir ! C'est clair ?

Difficile de faire plus clair. Il soupira et eut la force d'affronter le corps sans vie de Bénédicte avant que les types de l'Institut médico-légal ne l'embarquent. Joli, comme prénom, Bénédicte. Elle était certainement jolie, Bénédicte.

Avant de devenir le repas d'un tueur.

Il choisissait toujours les plus jolies, de toute façon. Quel boulot de merde ! Surtout quand on a l'impression de ne servir à rien. Juste bon à ramasser les morceaux et à les mettre dans un sac. Vraiment un sale boulot. Encore une nuit blanche en perspective. Mais pourquoi on m'a refilé cette affaire ? Pourquoi ? Parce que vous êtes le meilleur, capitaine Esposito.

Chapitre cinq

Lundi 19 mai.

Esposito avait sa tête des mauvais jours. Jeanne dut affronter la rugosité de sa barbe naissante contre la peau délicate de ses joues.

N'était-il pas rentré chez lui, cette nuit ? S'était-il levé en retard ? Était-ce Elicius qui le mettait dans cet état ?

Il repartit rapidement vers la sortie et Jeanne resta seule face à ses questions, essayant tout de même de se remettre au travail. Après le passage éclair du capitaine, il y avait toujours quelques minutes de flou. Le temps nécessaire pour que le cœur se raisonne. Et puis, en ce moment, elle était particulièrement distraite ; fautes de frappe dans les courriers, erreurs de classement dans les dossiers…

Sa chef n'avait pas manqué de le lui faire savoir. Une remarque cinglante, ce matin. Sur le ton de l'ironie, blessante. « Eh bien, ma petite Jeanne ! Vous êtes amoureuse ou quoi ? » Et les deux autres qui éclatent de rire ! De toute façon, elles riaient toujours des blagues de la chef, histoire de se faire bien voir. Jeanne était devenue écarlate, puis livide. Impossible de répondre. Elle ne répondait jamais, de toute manière.

Facile de l'enfoncer, de la mettre mal à l'aise devant tout le monde.

Elle fixait son écran mais ne voyait rien. L'esprit ailleurs.

Elicius.

Vendredi soir, elle avait déposé sa lettre dans le 17 h 36. Et maintenant, elle attendait. Le week-end avait été long. Terrée chez elle, tournant en rond ; discussions interminables. Elle avait l'impression d'être tombée dans un piège, d'avoir mis le doigt dans un engrenage infernal. Chaque jour, la peur.

Elicius était furieux et c'était un tueur.

C'était peut-être à cause d'elle qu'il avait récidivé. Qu'il avait tué cette Bénédicte quelque chose. Non, il tuait déjà avant, elle n'y était pour rien. La lettre allait-elle le calmer ? Mais dans ce cas, il recommencerait à lui écrire. Et elle se rendrait coupable de ne pas en parler au capitaine. Affreux dilemme...

Elle aurait aimé avoir une amie à qui se confier. Se confesser, presque. Trouver un réconfort comme on aime le faire en cas de coup dur. Mais elle n'avait personne. Sa mère ? Inimaginable ! Si elle lui parlait de cette histoire, c'était la crise d'hystérie assurée. Elle décrocherait le téléphone, appellerait police secours, les pompiers, le SAMU...

Il lui fallait donc affronter seule cette situation difficile. Pourquoi c'est toujours pour moi, ce genre de trucs ? Pourquoi il ne m'arrive que des emmerdes ? C'est vrai, un type tombe amoureux de moi dans un train. Jusque-là, l'histoire peut paraître agréable, romantique et tout. Mais ce type, c'est le pire des assassins.

Alors là, ça devient vachement moins romantique ! Et, bien sûr, c'est pour moi. Je dois les attirer, c'est pas possible ! Ça doit être génétique. Je suis née comme ça, y'a rien à y faire...

— Jeanne ?

Elle sursauta, leva la tête. Monique la regardait avec un drôle d'air. Encore une remarque désagréable ?

— Tu as terminé de taper la note ?

— La note ?

Quelle note ? Je dois vraiment avoir l'air ensuqué !

— La note de service sur les congés, précisa Monique avec agacement.

Putain ! La note de service sur les congés ! Complètement oubliée !

— Je... J'allais le faire !

— Quoi ? Tu n'as pas encore fini ? Faut qu'on appelle Molinari, ou quoi ?

Ça y est, les autres rigolent. Elle a eu ce qu'elle voulait, elle doit jubiler.

— Euh...

— Ça s'arrange pas, ma petite Jeanne !

Et pourquoi elle dit toujours « ma petite Jeanne » ? Je suis plus grande qu'elle, après tout.

— Je vais le faire tout de suite, ça sera prêt dans dix minutes...

Monique soupira et retourna à sa place. Jeanne avait rougi, une fois encore. Avec l'impression que ses joues avaient enflé.

Elle chercha le texte de la note, enseveli sous une pile de dossiers et se mit immédiatement au travail. « Faut qu'on appelle Molinari... » Jeanne haussa les épaules et reluqua du côté de Monique. Quelle garce ! Balancer ça devant les autres ! Elle fait vraiment tout pour me ridiculiser ! Quelques minutes à pester en silence et, l'instant d'après, les pensées qui prennent un autre chemin…

Elicius. Est-ce qu'il songe à moi, en ce moment ? Est-ce qu'il me voit ? Quelle drôle d'idée ! Il ne peut pas me voir ! Elicius, c'est pas Monique, tout de même ! Non, elle est mariée, elle est pas lesbienne !

N'importe quoi, Jeanne ! Tu nages en plein délire !

***

Le moment était venu. 17 h 35, le TER venait chercher ses habitués. Jeanne était là, fidèle parmi les fidèles. Elle grimpa à l'intérieur et se rua vers le fond du dernier wagon. Toujours le même temps d'hésitation avant de regarder sur le côté. Avant de se jeter dans la gueule du loup.

D'abord, vérifier que personne ne me surveille. Que personne ne soupçonne l'existence de cette planque. Il y avait beaucoup de passagers, ce soir. Peut-être y avait-il Elicius, parmi eux ? Derrière ses lunettes, Jeanne espionnait. Qui, parmi ces anonymes, avait du sang sur les mains ? Ce type, la quarantaine, châtain, avec une chemise, une veste et une cravate ? Non, trop classique, trop sérieux. Pas assez fou. Celui-là, plus jeune, avec un blouson en cuir ? Il a pas trop chaud avec son blouson en cuir ? Et ces cheveux mi-longs, gras et filasses… Beurk ! Non, Elicius est sans doute net. Bien rasé, bien coiffé.

Le train les secoua légèrement et se mit en branle. Allez, Jeanne ! C'est maintenant qu'il faut regarder.

Elle tourna la tête vers la vitre, glissa sa main sur le côté. L'enveloppe était là, effrayante et rassurante en même temps. Et s'il avait mis du poison dedans ? Non, il ne tue pas de cette manière. Quand il me tuera, je verrai son visage. Pourvu qu'il soit beau. Pourvu qu'il ressemble à Michel… Mais pourquoi je pense à Michel ? L'impression qu'une plaie béante s'était soudain ouverte au milieu de son ventre. Que ses entrailles allaient se déverser sur le siège. Elle ferma les yeux, les mains crispées sur le papier.

Ne pense pas à Michel, Jeanne. Pas ça. Pas maintenant. Elle rouvrit les yeux sur le réel : les murs, les tags et les immeubles derrière. Et, au-delà des façades sales et des rideaux tirés, des gens, sans doute. Essayer d'imaginer leurs visages pour ne pas revoir ce visage, ces yeux, ce sourire. Ces images qui font trop mal. Renvoyer la douleur au fond, la repousser. Finalement, Elicius allait la sauver de cet enfer, ce soir. Elle déchira l'enveloppe et y trouva une feuille noircie. Une seule feuille.

« Lundi, le 19 mai,

Jeanne,

Je ne sais pas trop comment vous dire à quel point je suis désolé. Désolé de m'être emporté de la sorte. J'étais tellement heureux hier en trouvant votre lettre. Tellement ému… Je vous ai jugée trop vite, je ne sais comment m'excuser. J'espère simplement que vous saurez me pardonner.

Si vous saviez comme vous écrire me fait du bien ! Vous êtes la seule personne en qui j'ai confiance. La seule avec qui j'ai envie de partager ce que je suis, ce que je ressens. Vous seule pouvez me comprendre, me faire oublier l'enfer que je côtoie chaque jour. Vous seule avez ce pouvoir.

J'ai encore tué, Jeanne. Encore donné la mort. C'était jeudi dernier. Mais vous êtes sans doute déjà au courant. Vous devez me prendre pour un monstre. Est-ce par peur que vous m'avez écrit ? J'espère que non. Et je ne suis pas un monstre, Jeanne. J'accomplis simplement ma mission sur cette terre.

Que pensez-vous de la cruauté humaine, Jeanne ? Elle ne connaît pas de limite, n'est-ce pas ? Je sais que vous la connaissez. Que, comme moi, vous avez eu à l'affronter.

Comme moi, vous savez les souffrances que peuvent infliger les autres. Ces blessures profondes, celles qui vous mettent à vif, qui vous arrachent le cœur. J'ai mal, Jeanne. Si mal, si souvent. Et, dans ce déluge de souffrance, votre visage est mon seul réconfort. Je ferme les yeux et je pense à vous. À votre silhouette fragile et gracieuse, à votre visage tout en douceur. À vos yeux que personne ne sait voir, à votre voix que personne ne sait entendre. À votre corps que personne ne sait toucher.

À bientôt, Jeanne.

Elicius. »

Gare de l'Estaque. Trois minutes d'arrêt. Et, pour Jeanne, le temps qui se fige. Des mots qui planent autour d'elle, qui résonnent dans sa tête. Des sensations inconnues. Presque des larmes. Presque. Sauf que ses yeux ne savaient plus, asséchés pas l'horreur depuis longtemps.

Soudain, un petit sourire se dessina sur son visage, l'illuminant d'un seul coup. Un sourire timide, hésitant. Elle n'avait plus l'habitude.

C'est un tueur, Jeanne ! Eh ! Réveille-toi ! Cette voix, elle l'entendait à peine. *À vos yeux que personne ne sait voir, à votre voix que personne ne sait entendre. À votre corps que personne ne sait toucher...* Ces mots que personne ne savait lui dire.

Le train était déjà reparti, indifférent à l'aventure qui se jouait dans son dernier wagon. D'ailleurs, ce n'était plus un train. Mais une île déserte, une autre planète, un météorite en fusion qui fondait dans l'espace. Et Jeanne, à son bord, ne touchait plus le sol.

C'est un tueur, Jeanne ! Un fou furieux ! La voix hurlait, maintenant. Et le sourire de Jeanne céda lentement. Retour brutal sur la terre ferme. *Que pensez-vous de la cruauté humaine, Jeanne ? Elle ne connaît pas de limite, n'est-ce pas ?* Non, elle n'en connaît pas ; et, oui, je le sais... Michel.

***

Le capitaine Esposito avala son gobelet de café. Le quatorzième depuis ce matin. Il faut dire qu'il était tard, déjà. Assis derrière son bureau, le visage défait.

Devant lui, les photos des victimes. Trois femmes assassinées en trois semaines, trois destins identiques. Pourquoi elles ? Qu'avaient-elles de particulier ? L'âge, d'abord. Elles avaient toutes environ trente-cinq ans. Elles étaient toutes plutôt jolies. Avant les photos, du moins. Parce qu'après...

Mais pourquoi chercher un point commun entre ces femmes ? Le « profiler » avait dit qu'un tueur en série choisit toujours le même type de victimes. Donc, ce malade aimait les femmes entre trente et quarante ans. Avec ça, je suis bien avancé ! Je ne peux pas faire surveiller toutes les nanas de Marseille dans cette tranche d'âge ! Et encore, Marseille ET ses environs...

Il broya son verre en plastique, le jeta avec rage dans la corbeille.

La panique commençait à s'emparer de la cité. Ce troisième meurtre avait réveillé une sorte d'hystérie collective. Des femmes appelaient la police, persuadées que leur voisin de palier était l'assassin. Ou bien c'était le boulanger d'en bas. Voire même leur mari. Il y avait des types bizarres partout, des psychopathes plein les rues.

Pourtant, il n'y en avait qu'un. Les crimes étaient signés. Un et un seul. Esposito aurait donné cher pour l'avoir en face de lui. Il ferma les yeux, tenta d'imaginer le jour où il l'arrêterait, l'assoirait sur cette chaise devant son bureau. Le jour où, enfin, il l'aurait à sa merci. Et il aurait donné cher pour que ce soit avant le prochain meurtre…

Il se leva et se rendit à la machine à café. Un quinzième. Rester là à réfléchir. À quoi bon rentrer chez lui ? Son épouse avait renoncé à l'attendre depuis bien longtemps. D'ailleurs, personne ne l'attendait.

Sa femme était devenue son ex ; sa fille, une étrangère qui investissait sa vie un week end sur deux et pendant les vacances scolaires. Alors, il retourna derrière son bureau…

Le chef avait mis la pression aujourd'hui. « Les journaux mettent en doute nos compétences. Il faut arrêter ce fou avant qu'il ne commette un quatrième assassinat ! »

L'arrêter ? Mais comment ? Avec quoi ? Pas la moindre piste sur laquelle lâcher la meute ! Seulement les photos de visages abîmés. Des femmes torturées, les mains liées derrière le dos et exécutées à genoux, face à un mur. Il ne les violait pas. Le « profiler » avait sans doute vu juste. Il ne pouvait pas, alors il se vengeait.

— Mais qu'est-ce que tu as dans le crâne, fumier ? Qu'est-ce que tu as dans le crâne ?

La tête lui tournait maintenant. Trop de café ou trop de cigarettes. À moins que ce ne soit trop de sang. Trop, de toute façon. Il ferma le dossier et éteignit sa lampe.

Dans le couloir, il jeta un œil à sa montre : 22 h 30. Et toujours au point mort.

Fatigue écrasante, sentiment d'impuissance. Il avait besoin de compagnie. Il ne supportait pas l'idée de se retrouver seul dans son minable trois pièces. Il trouverait bien une femme avec qui passer la nuit. Quelqu'un pour combler le vide. Même s'il fallait payer pour. Il n'était plus à ça près. Sortir ces visages de sa tête. Oublier, juste une nuit.

Et demain, recommencer.

Chapitre six

Vendredi 22 mai.
Rien depuis lundi. Pas de lettre, pas de meurtre. Elicius s'était soudain volatilisé. Jeanne, debout dans le métro, se posait des questions. Y aura-t-il une enveloppe pour moi, ce soir ? Sera-t-il dans ce train ? Ce long silence, inexpliqué, l'inquiétait plus qu'il ne la rassurait.

Tu devrais être contente, Jeanne ! Il te fout la paix, c'est une bonne nouvelle ! Tu vas tout de même pas espérer ses lettres ?

Le métro entra en station et Jeanne se retrouva sur le quai. L'instant d'après, elle était dehors. Il pleuvait, ce matin. Une pluie douce et tiède, presque une pluie d'été. Elle n'avait pas pris son parapluie, elle hâta le pas. Un jeune beur l'accosta pour lui proposer des cigarettes de contrebande. Non, merci, je ne fume pas. Il passa son chemin, cherchant un autre client, au nez et à la barbe des buralistes du quartier. Jeanne accéléra encore. Pourquoi il ne m'écrit plus ? Pourquoi...

Il t'a oubliée, Jeanne ! Et c'est ce qu'il pouvait t'arriver de mieux ! Crois-moi... Non, il ne m'a pas oubliée. Il ne peut pas m'oublier... Ah oui ? Et qu'est-ce qui te fait croire ça, hein ?... Il m'aime. Et on ne peut pas oublier du jour au lendemain quelqu'un qu'on aime. C'est impossible. Impossible. Chaque fois qu'il ferme les yeux, il pense à moi... Et les femmes qu'il a tuées, tu y penses ? Tu penses à elles ? Tu devrais penser à elles... Tais-toi, maintenant.

Jeanne entra dans le commissariat, monta directement au deuxième étage. Ses trois collègues étaient déjà là, en pleine discussion, en plein café. Jeanne s'approcha pour leur faire la bise ; elles reprirent leur conversation sans même faire attention à elle. Tout juste interrompues.

— Paraît que le Pacha est entré dans une colère monstre ! dit Monique.

Jeanne l'observait tout en allumant son ordinateur. Toujours aussi ridicule. Un pantalon en faux cuir moulant sa culotte de cheval, un petit haut largement décolleté. Aucun complexe, elle avait de la chance.

— Tu m'étonnes ! Si Esposito le coince pas rapidement, il va se retrouver à la circulation ! ajouta Clotilde avec un sourire malsain.

Clotilde. L'ombre de Monique. Le petit toutou à sa mémère. Elle la suivait partout, était toujours d'accord. Obéissante et docile.

— Esposito se retrouvera jamais à la circulation ! rétorqua Géraldine.

Géraldine, la plus sympathique des trois. La seule à parler à Jeanne, de temps en temps. Une femme à la cinquantaine jolie, cultivée et discrète.

Jeanne posa son sac par terre, à ses pieds et ouvrit son tiroir pour y récupérer ses instruments de travail.

— J'espère qu'ils vont l'arrêter avant qu'il ne remette ça ! reprit Clotilde.

— Tu parles ! C'est le genre de type insaisissable ! répondit Monique en se passant une énième couche de rouge à lèvres. Il y aura une cinquième victime, tu verras ce que je te dis !

Une cinquième victime ? Jeanne s'était figée derrière son bureau.

— Il a recommencé ? s'enquit-elle d'une voix à peine audible.

Elles tournèrent la tête vers elle d'un seul mouvement, surprises qu'elle ouvrît la bouche.

— T'es pas au courant ? s'étonna Clotilde.

— Heu... non, avoua Jeanne.

— Hier soir, ils ont retrouvé une femme assassinée de la même manière que les autres, mais à Paris, expliqua Géraldine.

— À Paris ?

— Ouais, Paris ! renchérit Monique. En plus, il se déplace, ce salopard ! Marseille lui suffit plus... Et puis, il s'en est pas pris à n'importe qui ! C'était une noble ! Une madame de quelque chose ! Une avocate !

— Mais c'est peut-être pas lui ! lança Jeanne avec une étrange conviction.

— Ah ouais ? Ben, demande à Esposito ! Tu verras ce qu'il en dit ! Peuchère ! La pauvre fille a été taillée en pièces avec un couteau et retrouvée à genoux face à un mur ! Tu connais beaucoup de malades qui agissent comme ça ?

Jeanne baissa les yeux.

— D'ailleurs, Esposito est allé à Paris dans la nuit, conclut Monique.

C'était donc pour cela qu'Elicius ne lui avait plus écrit depuis le début de la semaine ! Il était monté à Paris. Il aurait pu me prévenir… ! Quoi ? Te prévenir ? Mais tu es folle, Jeanne !

Peut-être avait-il définitivement quitté Marseille pour s'installer dans la capitale. Parti sans dire au revoir. S'il s'est barré, tant mieux ! Bon débarras !… Il n'y aurait plus de lettre. Un train sans vie. Une ville sans meurtre, tu veux dire !… Jeanne était toujours immobile, face à son moniteur. Mais dans sa tête, un déchaînement. Elle aurait dû être heureuse de cet éloignement soudain. Heureuse qu'Elicius ne revienne plus hanter le 17 h 36. Pourtant, elle ressentait autre chose que de la joie. Une sorte de manque.

À vos yeux que personne ne sait voir, à votre voix que personne ne sait entendre. À votre corps que personne ne sait toucher…

L'avait-elle blessé pour qu'il s'en aille ? Avait-il pris la fuite à cause d'elle ? Arrête de penser à toi, Jeanne ! Pense un peu à ces pauvres femmes ! Pense un peu à ses victimes ! Elles auraient bien aimé le voir s'éloigner, elles !

Jeanne ferma les yeux, un peu coupable, un peu honteuse. Si elle avait parlé à Esposito, il aurait peut-être pu arrêter Elicius. Et deux femmes seraient peut-être encore en vie. C'est toi qui les as tuées, Jeanne ! C'est toi ! Elles sont mortes à cause de toi !… Non ! Je pouvais pas faire ça ! Je pouvais pas ! C'est moi qu'il aurait tuée ! Je serais morte à l'heure qu'il est !

Morte. Parfois, elle se disait que ça vaudrait mieux. Qu'elle aurait dû mourir depuis longtemps. Qu'elle aurait dû succomber au départ de Michel. Parti, lui aussi.

Sans dire au revoir.

***

Fabrice Esposito alluma une cigarette et replia son journal. Il avait toujours eu du mal à lire dans le train.

Aller-retour express Marseille-Paris. Heureusement, avec le nouveau TGV, ça ne prenait que trois heures. Près de deux mille bornes pour voir un cadavre dans un frigo. Et des photos. Encore des photos. Une femme, trente-cinq ans, à genoux face à un mur. Rouée de coups, égorgée. Les bras et le visage tailladés à l'arme blanche. Les yeux ouverts sur sa peur, sur sa douleur. Et un homme, son mari, qui pleure, qui hurle : « Mais qu'est-ce que vous attendez pour arrêter cette ordure ? »

Le capitaine ferma les yeux ; il avait mal au cœur. Marseille n'était donc pas un terrain de chasse assez grand pour ce fou ! Il voulait le pays tout entier. Si seulement il pouvait s'installer dans la capitale... Ses collègues parisiens seraient peut-être plus efficaces que lui. Ils allaient collaborer, désormais. Malgré ce léger mépris qu'il avait surpris chez ses confrères. Un flic de province, rien qu'un petit capitaine. Avec un accent typique. Et, surtout, un flic qui avait échoué Il rouvrit les yeux. Ma vie entière est un échec. J'ai tout raté.

Mais toi, je te raterai pas.

***

Lorsqu'elle palpa l'enveloppe du bout des doigts, Jeanne eut un violent sursaut. Juste quand le train démarrait. Il était revenu ! Bonne ou mauvaise nouvelle ? Mauvaise, bien sûr. Il allait encore lui parler du meurtre. Celui de Paris. La victime découverte hier soir. Et si elle lui demandait d'arrêter ? Il était amoureux d'elle ; peut-être arriverait-elle à le persuader d'arrêter de semer la terreur ? Oui, il lui fallait essayer. Remettre Elicius dans le droit chemin. Mais ça n'effacerait pas les quatre meurtres. Quatre minimum. Parce qu'après tout, elle n'aurait pu jurer qu'il n'avait pas déjà tué avant.

Elle regarda longuement la lettre. Son écriture était calme, aujourd'hui.

« *Vendredi, le 22 mai,*

Ma chère Jeanne,

Je suis désolé de ne pas vous avoir écrit depuis lundi mais je n'étais pas à Marseille. Comme vous le savez peut-être déjà, j'étais à Paris. Poursuivant mon destin, ma vengeance.

Vous voyez, Jeanne, je ne vous cache rien de moi. Je vous avoue mes crimes, je me mets à nu devant vous. Je ne peux mentir ; pas à vous.

Ce soir, tandis que je vous écris, je sens l'horreur du sang sur mes mains. J'aimerais tant pouvoir revenir en arrière. Pouvoir oublier. Ce que je suis devenu, ce qu'ils ont fait de moi.

Il y a longtemps, je n'étais qu'un petit garçon comme les autres. Puis un jeune homme comme les autres. Un peu timide, un peu réservé. Un peu faible peut-être. J'étais incapable de faire du mal à une mouche. Naïf, tendre et rêveur, j'imaginais pour moi un avenir banal, une vie sans violence. J'avais des rêves. Des rêves de bonheur, de justice. Je me voyais utile dans ce monde.

Mais j'y ai perdu ma place. Parce qu'ils ne m'ont laissé aucune chance.

Il faudrait que je vous raconte comment j'en suis arrivé là. Pour que vous puissiez comprendre. Savoir qui a créé ce monstre.

Mais ce soir, je n'en ai pas la force, Jeanne. Ce soir, je pleure. Je pleure de voir ce que la vie a fait de moi.

J'ai mal parce que je sais que, demain, je recommencerai. Que rien ne pourra plus m'arrêter. Tant que ma faim ne sera pas assouvie, tant que ma vengeance ne sera pas accomplie, je continuerai.

Dans ces moments de lucidité où je vous écris, je reprends un peu espoir. Vous êtes ma lumière dans ces ténèbres, mon seul repère. Lorsque je vous écris, j'ai encore l'impression d'être ce jeune homme naïf, tendre et rêveur. Et non cette bête féroce qui tue par haine, par douleur. Cet animal enragé qui sommeille en moi et contre lequel je ne peux rien.

Ce soir, je pleure, Jeanne. Vous voyez, je ne vous cache rien. Je vous dirai tout et vous comprendrez. Je sais que vous comprendrez. Et j'espère que vous me pardonnerez.

Elicius »

Jeanne replia la feuille, la remit dans l'enveloppe. Puis dans son sac. Ensuite, elle se tourna vers la fenêtre. Le train venait de repartir de la gare de l'Estaque. Il pouvait désormais rejoindre la Côte Bleue, descendre vers la mer. Quitter le monde du béton pour celui de la roche.

Elicius sait pleurer. Il a des remords, il souffre. C'est un être de chair et de sang, capable de sentiments. Un petit garçon comme les autres. Elle aussi, avait soudain envie de pleurer. Mais les larmes ne venaient pas. Ces larmes qui ne venaient jamais.

Dans sa tête, toujours les mêmes cris, la même lutte. Elle devait le dénoncer à Esposito. Lui faire lire ces lettres. Ses lettres. Pourtant, elle ne se jugeait pas capable de le trahir. Elle le voyait terrorisé, fragile presque.

Fragile ? Comment oses-tu, Jeanne ? Comment oses-tu prendre sa défense ?

Elle ferma les yeux sur la réverbération du soleil qui lui brûlait les yeux.

En elle aussi, sommeillait une sorte de monstre. Se sentir proche de lui, presque malgré elle. Se sentir aimée. Elle était la lumière et le repère de quelqu'un. D'un petit garçon naïf, tendre et rêveur.

Mais elle savait que le combat qu'elle avait engagé contre elle-même était loin d'être gagné. Que la souffrance l'attendait. De toute façon, elle souffrait depuis longtemps. Presque sans s'en rendre compte. Un peu comme on respire. Alors, elle se laissa bercer par les mots, ne retenant que les plus beaux, oubliant la laideur des autres. Bercer par le ronronnement rassurant et les images familières qui l'entouraient...

Le train entra dans un tunnel. Elle n'était pas près d'en sortir.

Chapitre sept

Dimanche 24 mai.

Une journée perdue. Perdue dans d'étranges songes, Jeanne écoutait les trains en partance. Allongée sur son lit, les yeux ouverts sur le plafond blanc et cloqué. Elle entendait la télévision dans le salon ; elle imaginait sa mère assise devant. Elle entendait les rires des enfants dans le jardin d'à côté ; elle imaginait leurs jeux. Aurait-elle des enfants, un jour ? Drôle d'idée. Pour avoir des enfants, il faut d'abord un père. Et pour trouver un père, il faut rencontrer un homme. Aucun homme ne me regarde. À part Elicius. Et voilà, encore lui…

Elle avait relu toutes les lettres ; elle les connaissait par cœur. Elle aurait pu les réciter les yeux fermés. Les yeux fermés, son univers était moins laid. Elle n'avait pas beaucoup dormi, ces derniers temps. Elle était fatiguée.

Se laisser faire, se laisser emporter vers ses rêves même s'ils risquent de devenir cauchemars…. Engourdie par la chaleur de cette fin d'après-midi, tout devint flou.

Je suis dans le train, il fait presque nuit. Je lis le dernier courrier d'Elicius. Je sens quelqu'un qui s'approche, une présence familière ; un parfum. Je lève les yeux. Il est là, devant moi. Il me sourit. Son si joli sourire. Ses yeux, clairs, rieurs. Son visage doux et délicat. Michel. Il n'est jamais parti, il ne m'a jamais abandonnée. C'était juste un mauvais rêve. Il s'assoit à côté de moi, prend ma main dans la sienne. J'entends même sa voix. Je souris, moi aussi. Je suis tellement heureuse. D'un seul coup, le malheur s'efface.

Mais, déjà, il se lève. Son regard s'est voilé. Il est triste. Il s'éloigne. Non ! Ne pars pas ! Ne me laisse pas ! Non !

Jeanne rouvrit les yeux. La respiration saccadée, les poings fermés, les muscles tétanisés. D'un bond, elle se remit debout. D'abord, ouvrir la fenêtre, inspirer un peu d'air frais. Un peu de réalité.

Il partait si souvent. Presque chaque nuit...

Elle revint s'asseoir derrière son bureau et fixa longuement le deuxième tiroir. Celui qui contenait les photos, tout ce qui lui restait de Michel. Un album complet, tout ce qu'elle avait pu réunir après son départ. Ces souvenirs, elle ne les exhumait presque jamais. Il ne valait mieux pas. Elle hésita encore...

Soudain, elle prit la clef dans son pot à crayons. Un petit album avec un paysage des îles en couverture. Plage de sable blanc, mer turquoise, cocotiers... Lointain, anonyme, sans intérêt. Il était posé devant elle, il attendait qu'elle se décide... Ne l'ouvre pas, Jeanne ! Ne fais pas ça ! Je t'en supplie... J'ai tellement envie de le voir ! Son visage est déformé, j'ai besoin de le revoir... Non, Jeanne ! Tu vas te faire du mal... Sa main, tremblante, souleva la couverture.

Première photo. Tous les deux, l'un contre l'autre. Ils souriaient. Ils ne savaient pas encore. La cruauté, ils ne la connaissaient pas encore. Deuxième photo, il était seul. Un peu rêveur, un peu perdu. Un peu absent, déjà. Et les images se mirent à défiler plus vite. À se mélanger. Le visage se reformait. Comme s'il était là, dans cette chambre. Retour en arrière. J'aurais pas dû regarder ces photos. J'aurais pas dû...

Jeanne était debout, dos au mur. Son esprit se heurtait aux parois étanches de la pièce, comme un animal piégé, affolé. Des monstres, partout autour d'elle. Et cette douleur, au creux du ventre. Elle ne pouvait ni pleurer ni crier. Elle se mordait les lèvres. Jusqu'au sang. Elle enfonçait ses ongles dans sa chair. Elle aurait voulu hurler sa souffrance mais elle ne pouvait pas. Bloquée au fond d'elle depuis longtemps, elle avait remplacé le sang dans ses veines, se nourrissait de ses entrailles. Elle avait pris toute la place dans son crâne...

Calme-toi, Jeanne ! supplia la voix. Trop tard. Terrorisée, Jeanne. Dos au mur et face au mur. D'autres images, maintenant. Celles qu'il faut bannir. Celles qui tordent les tripes, qui font vomir. Le goût du sang dans la bouche, la brûlure dans les veines... Et cette putain de télé !

Jeanne traversa la chambre en courant, se précipita vers la salle de bains. La pharmacie, avec ses dizaines de tubes, de boîtes. C'est le tube vert. Le vert. Mais où il est, ce putain de tube ? Elle vidait l'armoire blanche, à la recherche du seul médicament capable de l'arrêter. Elle jetait tout par terre, faisait le tri. Le tube vert, enfin ! Elle mit un comprimé dans sa bouche, se pencha vers le robinet. Voilà, je l'ai avalé. Ça va aller, maintenant. Il va faire effet, il suffit de tenir jusque là...

Elle releva la tête face au miroir. Son visage, méconnaissable ; et, juste derrière, celui de sa mère.

— Jeanne ? Qu'est-ce que tu as ? Tu saignes !

Oui, je saigne. De l'intérieur.

— Va-t-en ! Fous-moi la paix !

— Jeanne ! Tu as encore pris ces saloperies ?

— Va-t-en, merde !

Dernier avertissement. Jacqueline aurait dû le savoir, depuis le temps. Elle aurait dû prendre la fuite, se terrer dans un coin de la maison. Mais, au lieu de ça, elle s'approcha, inconsciente du danger. Elle essaya de prendre le tube vert dans la main de sa fille. Inconsciente.

Jeanne se dégagea violemment, envoyant sa mère valdinguer contre la porte. Des cris, des hurlements atroces. Jacqueline s'était recroquevillée par terre et regardait, effarée, sa fille, cette étrangère. Cet oiseau noir qui se tapait dans les murs, qui cherchait la sortie.

— Arrête, Jeanne ! s'écria Jacqueline en pleurant.

Elle pouvait encore pleurer tandis que Jeanne ne pouvait que hurler. Et se taper la tête contre les murs. Donner des coups de poing, des coups de pied dans les murs. Se faire mal pour oublier à quel point elle avait mal. Jusqu'à ce qu'elle s'écroule enfin...

Le médicament du tube vert avait fait son chemin. Sectionné ses nerfs. Elle n'était plus qu'une poupée de chiffon, le visage hagard, les mains sanglantes, le front ouvert. La douleur survivait encore dans ses yeux. Le reste était mort.

Alors sa mère put s'approcher. La soulever de terre, la conduire jusqu'au lit. De légers tremblements agitaient ce corps, le sang coulait lentement. Rouge vif sur une peau claire. Pourquoi ne fermait-elle pas les yeux ? Pourquoi refusait-elle de céder ?

Jacqueline ouvrit la fenêtre et tira les volets. En passant devant le bureau, elle vit l'album, devina le visage de Michel dans la pénombre.

C'était lui, le coupable.

— Je vais les jeter, ces photos ! dit-elle avec rage.

Jeanne tourna la tête vers elle et trouva encore la force de parler.

— Si tu fais ça, je te tue...

***

Lundi 25 mai.

Le commissariat ressemblait à une fourmilière. Et le capitaine Esposito avait envie de mettre un bon coup de pied dedans. 9 heures du matin, mal rasé, les yeux gonflés et cernés. Serrer quelques mains, feindre quelques sourires. Putain, qu'est-ce que j'ai mal à la tête ! Écouter un agent lui raconter sa nuit au poste. Sans intérêt. Putain ! Les cuites, c'est plus de mon âge !

Il arriva au deuxième, fit le tour des bureaux. Même si, depuis quelques temps, il avait la fâcheuse impression que tout le monde le dévisageait. Comme si son échec se lisait sur son front, comme s'il le portait en bandoulière. Les femmes, surtout, le jugeaient d'un simple regard. D'habitude, elles le trouvaient séduisant. Là, elles le trouvaient incapable. Elles avaient peur, sans doute. Peur d'être la prochaine sur la liste. Et lui aussi avait peur. De les trouver à genoux face à un mur.

Seule Jeanne ne le considérait pas ainsi. Elle était bizarre, cette fille. Il ne l'avait jamais vraiment remarquée, jamais fait attention à elle, jusqu'à ce matin. Elle n'avait pas le même regard que les autres. Forcément, elle n'était pas comme les autres. Et puis, aujourd'hui, elle avait quelque chose de particulier.

— Qu'est-ce qu'il vous est arrivé ? demanda-t-il.

Jeanne se pétrifia sur place. Il m'a parlé !

— Rien, répondit-elle précipitamment.

— Rien ? Et ça ?

Il posa un doigt sur son front, juste à côté du pansement qui cachait sa plaie.

Il m'a touchée ! Elle perdait ses moyens. Elle le fixait bêtement.

— Vous avez été agressée ?

Il s'inquiète pour moi !

— Non, je... Je...

Alors, il repéra ses mains, elles aussi abîmées. Mais Jeanne ne trouva aucune explication. Elle n'avait pas l'habitude qu'on lui pose des questions, qu'on s'intéresse à elle. N'était-elle pas transparente, ce matin ?

— Vous ne voulez pas me dire ? insista Esposito.

Les trois femmes du bureau observaient la scène du coin de l'œil. Peut-être un peu jalouses. Et soudain, Jeanne trouva un beau mensonge.

— Je fais des arts martiaux, affirma-t-elle. Hier, j'avais une compétition.

Esposito resta sidéré

— Ben dites donc, c'est violent !

— Oui, ça arrive parfois. Mais c'est rien, juste des blessures superficielles.

Là, elle l'avait séché ! Et les autres aussi, d'ailleurs.

73

— Je savais pas que vous étiez dangereuse à ce point ! ajouta le capitaine en riant. C'est quoi comme discipline ?

Merde ! Il voulait des détails, maintenant !

— Du karaté !

Elle en avait fait un peu, quand elle était plus jeune. Un demi-mensonge.

— Vraiment ? Vous êtes quelle ceinture ?

T'es mal barrée, Jeanne ! Si tu lui dis ceinture jaune, tu as vraiment l'air d'une conne !

— Noire. Deuxième dan.

Elle y était peut-être allée un peu fort. Il émit un sifflement admiratif. Il avait un très joli sourire. Dommage qu'il ait oublié de se raser.

— Il faudra que vous me donniez des cours !

Elle rougit. Puis elle enleva ses lunettes et se mit à les nettoyer méthodiquement.

Elle avait de si jolis yeux, une si jolie bouche. Il la voyait pour la première fois.

— Je vous offre un café ?

Là, elle faillit tomber de sa chaise.

— Un café ? répéta-t-elle.

Mais t'es pas un perroquet, Jeanne !

— Oui, un café. Vous savez, ce truc liquide, noir et un peu amer qu'on trouve à la machine qui est dans le couloir... Vous venez ?

Il se dirigea vers la sortie. Jeanne se leva, mécaniquement, pour le suivre. Au passage, elle ne put esquiver le regard assassin de Monique. Des flingues à la place des yeux. Cette fois, elle était jalouse ! Esposito, déjà devant la machine, cherchait de la monnaie dans les poches de son jean.

— Vous voulez quoi ? Un serré ou un long ?

— Euh... Un long.
— Avec du sucre ?
— Oui. Avec du sucre, s'il vous plaît...

Elle devait avoir l'air complètement niais. Calme-toi, Jeanne. Il va pas te manger ! Parle-lui d'Elicius, c'est le moment ! C'est maintenant ou jamais... Ta gueule !

— Voilà, dit Esposito en lui tendant le gobelet.
— Merci beaucoup.

Ils s'installèrent de part et d'autre de la table haute. Jeanne se mit à tourner sa petite cuiller en plastique. Geste dérisoire pour contenir le tremblement de sa main.

— C'est vraiment vrai, ce que vous m'avez dit tout à l'heure ? demanda le capitaine.
— Hein ?
— Vos blessures, c'est vraiment à cause d'une compétition de karaté ?

Elle évita de lever les yeux sur lui ; ils ne savaient pas mentir.

— Je me suis dit que vous n'aviez peut-être pas envie de parler devant vos collègues...

Elle ne put se dérober plus longtemps. Elle était démasquée. Effrayée.

Alors, il lui adressa un sourire rassurant.

— Vous savez, je ne veux pas me mêler de vos affaires. Ce n'est pas de la curiosité malsaine. C'est juste que... que si quelqu'un vous fait du mal et que je peux vous venir en aide...
— C'est moi...
— Pardon ?
— C'est moi qui me suis fait ça.

Mais Jeanne ! Qu'est-ce qui te prend ? Tu es barge ! Il la considérait avec un autre regard, maintenant.

— Je ne comprends pas, avoua-t-il.

— Je... je pète les plombs, parfois. Je... Et... et pour me calmer, je...

Non, mais ça va pas ! Tu vas passer pour une dingue ! Pourtant, il ne semblait pas la juger. Tout juste étonné.

— C'est le mur, conclut-elle.

— Le mur ? Vous vous tapez la tête contre le mur ?

— Oui.

— Merde !

Il prit sa main dans la sienne, elle eut un sursaut.

— Vous avez des ennuis, Jeanne ?

Il connaît mon prénom !

— C'est à cause du boulot ?

— Non, c'est rien, murmura-t-elle.

Il lâcha sa main, elle eut froid. Il avala son café, sans la quitter des yeux.

— Je ne dirai rien, ajouta-t-il.

— Merci.

— Et le karaté ? C'était une connerie ?

Heu... J'en ai fait. Mais je ne suis pas ceinture noire !

Il souriait. Vraiment étrange, cette nana !

— C'est vrai que j'avais pas envie de parler devant les autres...

— Ce ne sont pas des amies, je me trompe ?

— Je n'ai pas d'amie...

Merde ! Là, ça la fout mal !

— Pas ici, je veux dire...

— Moi non plus. Tout juste des relations de travail...

Il avait fini son café. Déjà. Il broya le plastique, le jeta dans la poubelle à la façon d'un basketteur. Puis il considéra les mains de Jeanne.

— En tout cas, je voudrais pas être à la place du mur ! fit-il l'air grave.

Elle se déridait, enfin ! Elle avait vraiment un joli sourire. Et dire que je ne m'en étais jamais aperçu ! Je suis vraiment aveugle !

— Bon, faut que j'aille bosser…
— Vous… Vous devez penser que je suis cinglée !
— Cinglée ? On est tous plus ou moins cinglés ! Vous ne trouvez pas ?
— Ben…
— Je vais vous faire une confidence, Jeanne. Moi aussi, ça m'arrive de péter les plombs ! Moi aussi, je tape dans les murs !
— Ah oui ?

Il hocha la tête. Il se fout de moi !

— Je ne crois pas que vous soyez cinglée… Un peu impulsive, peut-être… On ne dirait pas, à vous voir !

Elle termina son gobelet et le déposa dans la poubelle.

— En tout cas, ça m'a fait plaisir de prendre un café avec vous, dit-il.
— Merci.

Elle le regarda s'éloigner ; une démarche souple et féline. Elle ne pouvait voir sa mine attendrie.

Elle est bizarre, cette fille ! Vraiment bizarre… Mais je l'aime bien. Ouais, je l'aime bien.

***

« *Lundi, le 25 mai,*

Jeanne,

Voilà le moment de la journée que je préfère. Celui où je vous écris, celui qui me relie à vous. Ma main tremble un peu, d'émotion, de joie. Je vous vois déjà, lisant cette lettre.

Là, je suis assis dans une gare, sur un quai. J'adore les gares. Et vous ? Un petit monde dans le monde, arrivées et départs, séparations et retrouvailles. Ceux qui sont pressés, ceux qui aimeraient que le temps s'arrête. Je voudrais tant être assis à côté de vous, dans ce train que vous éclairez de votre présence.

Mais j'ai peur, Jeanne. Peur que vous ne m'aimiez pas. Souvent, je relis la lettre que vous m'avez écrite. Ce cadeau à la valeur inestimable.

Elle est toujours sur moi, dans une de mes poches. Un peu de vous avec moi... »

Jeanne avait mis du temps à plonger dans l'univers d'Elicius, durant ce voyage. Entre Martigues et Croix-Sainte, le train ralentissait. Il abordait le pont tournant qui lui permettait de traverser le canal de Caronte, artère liquide entre l'étang de Berre et la Méditerranée. Le regard de Jeanne croisa la route d'un petit voilier à coque bleue qui dessinait des formes rondes et sensuelles dans l'eau profonde du canal. De longues minutes à hésiter, réfléchir...

En rejoignant Elicius, elle avait l'impression de trahir le capitaine Esposito. La situation se compliquait. Il avait été si gentil, ce matin ! Elle avait passé la journée sur une sorte de gros nuage douillet. Et, ce soir, elle n'avait pas envie du monde apocalyptique d'Elicius ; mais de ses mots, ceux qu'il savait si bien écrire.

Pourquoi la vie est-elle toujours aussi compliquée ? Pourquoi ?

« *Vous devez entendre tellement d'horreurs sur moi, Jeanne. Tellement de mensonges ! Je les lis dans les journaux. Mais ce ne sont que des torchons, des machines à fric qui font leurs chiffres d'affaires avec du sang. Avec mon histoire. Cette histoire qu'ils ne connaissent même pas, à laquelle ils ne comprennent rien.*

C'est pour ça qu'ils ne me retrouveront jamais. Que je pourrai exécuter ma vengeance jusqu'au bout. Réaliser la mission qui m'a été confiée. Jusqu'au bout. Ils se croient plus forts ou plus intelligents que moi. Ils ont lâché la meute à mes trousses mais c'est peine perdue. Je déjouerai tous leurs pièges, grossiers. Ils ne sont pas assez forts pour se mesurer à moi. Parce que j'ai une mission.

Ils ont fabriqué un monstre et maintenant, ils regrettent. Ils ont fait de moi une machine à tuer et maintenant, ils voudraient m'arrêter. Mais il ne fallait pas jouer avec le feu. Il ne fallait pas m'apprendre la cruauté. Parce que maintenant, je la manie comme personne.

Ne soyez pas effrayée, Jeanne. Vous, vous échapperez au jugement dernier. Parce que vous êtes l'innocence. Comme moi, vous avez souffert. Comme moi, vous savez ce que le mot douleur veut dire. Comme moi, vous méritez une vengeance.

Et je vous l'offre, Jeanne. Je l'accomplis pour vous. Pour vos yeux tristes, pour votre vie gâchée.

Œil pour œil, dent pour dent. Une vie contre une vie.

Ils payent le prix de leur lâcheté. Ils croyaient m'échapper. Ils croyaient que j'avais pardonné, oublié.

Ils croyaient qu'en m'enfermant, ils allaient anéantir ma personnalité. Mais, au contraire, ils l'ont réveillée. Ils m'ont donné la force en m'offrant le désespoir comme seule perspective. Et maintenant, ils ont peur de moi. Ils me craignent comme on craint la foudre qui va s'abattre. Ils repensent à leurs fautes et ils se repentent. Trop tard.

Vous seule n'avez pas à me craindre. Vous seule, je veux protéger.

Je vous aime plus que tout, plus que moi, plus que ma vie.

Je sais qu'il vous faudra du temps pour l'accepter. Du temps pour m'aimer. Mais je garde espoir.

Elicius. »

Les calanques de pierre blanche brûlées de soleil... Les pins aux arômes puissants. Leurs larmes de résine odorante qui coulent doucement le long des écorces brutes... La mer, caressée de lumière, qui vient se reposer dans l'intimité des petites criques.... Et, brusquement, le train qui plonge dans un tunnel. Une fraîcheur bienfaisante, apaisante...

Jeanne rangea la lettre au fond de son sac. Elicius sortait donc de prison. Il n'en était pas à son coup d'essai. *Vous, vous échapperez au jugement dernier. Parce que vous êtes l'innocence...* L'innocence. Il ne lui ferait aucun mal. Elle n'avait rien à craindre du petit garçon tendre et rêveur.

Comme moi, vous avez souffert. Comme moi, vous savez ce que le mot douleur veut dire... C'est vrai que j'ai souffert. Personne n'imagine à quel point. Même pas moi. Je ne sais même plus ce que j'ai enduré. Je ne m'en souviens plus. La mer est belle, ce soir. Je ne veux pas m'en souvenir.

Comme moi, vous méritez une vengeance. Je vous l'offre, Jeanne. Je l'accomplis pour vous. Pour vos yeux tristes, pour votre vie gâchée... C'est vrai que ma vie est foutue.

Mais la vengeance ne me rendra pas ce que j'ai perdu. Désolée, Elicius, je ne peux vous protéger plus longtemps. Demain, j'irai parler à Esposito. Ma vie a été gâchée mais on peut peut-être recoller les morceaux... La mer est vraiment belle ce soir. Parée de millions de diamants ambrés, cadeau de rupture du soleil.

Il m'a parlé, il m'a offert un café. Il a fait attention à moi.

J'existe.

Chapitre huit

Mercredi 27 mai.

Jeanne regarda l'heure en bas de son écran : 10 h 00. Le capitaine n'était pas encore passé. Hier, il n'était pas passé du tout. Et Jeanne avait espéré ce moment toute la journée. Pourvu qu'il vienne, aujourd'hui ! Qu'il entre, qu'il me sourie, qu'il m'offre un café. Qu'il me regarde.

Elle accomplissait mécaniquement son travail, la tête ailleurs. Les mots d'Elicius, le visage d'Esposito. Un curieux mélange. Elicius... Il ne lui avait pas laissé de missive hier soir. Une journée bien vide ; pas de capitaine, pas de lettre. Une journée qui ne sert à rien. Une de celles qui ne laissent pas de trace. Alors qu'il y en a qui marquent à vie. Mauvais dosage.

Cette nuit, elle avait essayé de comprendre le parcours du tueur ; non, Elicius, c'est mieux, moins effrayant. Elle en était arrivée aux conclusions suivantes : c'était un être normal qui avait basculé dans la folie. Il avait ses moments de lucidité, mais obéissait à des pulsions incontrôlables. Et, surtout, il était persuadé d'être investi d'une mission divine. Rien que son nom en témoignait.

Quelqu'un lui avait fait du mal, une femme sans doute, et il en voulait à la terre entière. Alors, il se vengeait sur d'innocentes victimes. Et puis, il y avait l'enfermement, la prison. Mais pourquoi était-il allé en taule ? De quels crimes était-il accusé ? Il lui manquait tant d'éléments… En tout cas, il semblait clair que cet homme faisait payer le prix de la souffrance endurée. Oui, il avait souffert, beaucoup ; et cela l'avait rendu fou. Tu vois, tu dis toi-même qu'il est fou ! Le dénoncer pourrait lui rendre service, on le soignerait. Et puis, si tu le balances, le capitaine va te manger dans la main… Je vais le faire. Il faut juste trouver l'occasion de parler à Esposito. L'occasion et le courage… Esposito… Pourquoi ne vient-il pas m'offrir un café, ce matin ?

Elle eut envie d'une pause. Il était 10 h 30, la « cafétéria » était sans doute désertée. Elle prit son porte-monnaie dans son sac, le referma aussitôt avant de le remettre dans le troisième tiroir. On ne sait jamais, des fois qu'elles viennent fouiller dedans !

Le couloir au linoléum crasseux, désert. Une forte odeur de tabac mêlée à celle du café. Elle opta pour une boisson chocolatée. Ça lui éviterait de gigoter sur sa chaise toute la journée. Elle s'appuya à la table et avala une gorgée de cacao.

Et, soudain, le miracle… Le capitaine s'avançait, comme s'ils s'étaient donné rendez-vous ici-même. Elle sentit ses lèvres sourire, ses joues chauffer. Il était parfaitement rasé, en plus !

— Bonjour ! dit-elle.
— Salut…

Allez Jeanne, propose-lui un café ! Elle allait se lancer mais, déjà, il avait inséré la pièce dans la machine.

Un serré, sans sucre. Elle avait repéré la touche. Il va venir s'installer en face de moi, il va venir me parler ! Moi aussi, j'ai des choses à lui dire... Il attendait que son gobelet se remplisse et elle s'éclaircit la voix.

— Ça va, ce matin ? demanda-t-elle.
— Ouais...

De mauvaise humeur, le capitaine ! Il prit son verre, tourna les talons. Sans même un regard. Comme s'ils ne se connaissaient pas.

Son cœur s'effondra et elle le laissa s'éloigner dans le couloir. Mais pourquoi il ne m'a pas adressé la parole ? Pourquoi ? Allez, Jeanne ! Vas-y ! Va lui parler !

Elle se jeta à sa poursuite et le rattrapa à l'entrée de son bureau.

Il se retourna, surpris.

— Je... Je voulais... Je voudrais vous voir, réussit-elle enfin à dire.
— Là, j'ai pas vraiment le temps...
— Mais...

Il ne lui accordait même pas un sourire. Les mots restaient coincés.

— Désolé, mais j'ai beaucoup de boulot... On discutera une autre fois, OK ?
— Euh... Oui, d'accord...

Elle resta clouée sur place, sous les yeux amusés des adjoints du capitaine. Méprisants, pensa-t-elle.

Alors, elle recula lentement avant de prendre la fuite.

***

Des visages, alignés sur un bureau. Des heures qu'il cherchait. Pourquoi elles ? Pourquoi les avoir choisies ?

Esposito, levant les yeux, tomba sur le regard compatissant de son lieutenant, Thierry Lepage.

— Il faut trouver le point commun entre ces femmes, murmura-t-il.

— L'âge, répondit Lepage.

— Ça suffit pas... Y a certainement autre chose...

— Et pourquoi ? Ce mec est fada, faut pas chercher la logique...

— C'est faux ! rétorqua le capitaine en quittant son fauteuil. Même un fou obéit à une logique ! Il choisit forcément ses victimes !

— Ben... Il les aime entre trente et quarante, plutôt pas mal... Après, c'est le hasard... celles qui croisent sa route...

Esposito secoua la tête. Pas d'accord.

— Résumons-nous ; qu'est-ce qu'on a appris sur elles ? demanda-t-il.

— Ben, rien de bien passionnant, avoua Lepage. Toutes environ trente-cinq ans, certaines bossaient, d'autres non. Certaines, des gosses ; d'autres, non. Certaines, mariées ; d'autres non...

— Il faut trouver le point commun, répéta Esposito avec entêtement. Le point commun...

— Leur point commun, c'est la malchance ! Elles sont toutes tombées sur ce fumier ! Voilà leur point commun !

— Il faut continuer à chercher ce qui peut les rapprocher, fouiller leur passé, interroger les familles... Je veux tout savoir sur elles...

Lepage soupira. Il aurait tant voulu qu'on leur enlève cette affaire pourrie ! Il préférait de loin les trafiquants de drogue, les julots ou les mafieux. Avec eux, au moins, il savait à quoi s'en tenir : ils étaient motivés par le fric et le pouvoir. Alors que ce cinglé...

— On trouvera pas de point commun, dit-il d'un ton désabusé. On a déjà cherché...

Esposito se planta soudain face à lui, le fixant avec des yeux débordants de colère.

— Eh bien, on va chercher encore ! s'écria-t-il. On y passera nos nuits, s'il le faut ! Tu m'entends ?

— Eh ! Du calme ! Faut pas t'énerver comme ça !

— Écoute-moi bien : ce salaud va continuer à tuer et j'ai plus envie de ramasser les morceaux ! Alors tu vas faire ce que je te dis et fissa ! C'est clair ?

— Ouais ! marmonna Lepage.

— Faut trouver cet enfoiré et le mettre au frais jusqu'à la fin de ses jours !

Il prit son blouson et son arme.

— Où tu vas ? demanda le lieutenant.

— J'ai besoin de prendre l'air...

Il claqua la porte derrière lui.

Lepage soupira encore.

— Putain de merde ! Y pouvait pas aller tuer ailleurs ? Y a trente-six mille communes en France et c'est Marseille qu'il a choisie, ce gros con !

***

Jeanne se laissa tomber sur un banc, en face des voies. Elle était un peu en avance, ce soir. Elle se sentait seule, elle se sentait mal. Trahie, cruellement déçue. Il n'a même pas voulu m'écouter. Il m'a traitée comme de la merde. Un de plus. Il est comme les autres, finalement.

La BB s'avança lentement.

Jeanne monta dans le dernier wagon, alla s'asseoir à sa place.

Elicius ne l'avait pas oubliée, lui ! La lettre était là, glissée sur le côté du siège. Elle colla son front contre la vitre. Au moins, elle ne serait pas seule pour ce voyage.

Sous le soleil brutal de cette fin d'après-midi, le train s'arracha à la gare avec souplesse. Un aiguillage le remit rapidement dans le droit chemin, dans la bonne direction.

Jeanne ouvrit l'enveloppe. Toujours la même écriture. Appliquée, noire, belle. Presque une œuvre d'art.

« *Mercredi, le 27 mai,*

Jeanne,

Encore une journée loin de vous, encore une journée perdue. Mais je sais qu'un jour, je serai près de vous. Et j'attends ce moment comme on attend la réalisation d'un rêve. En espérant que vous partagez ce rêve.

Pour le moment, je préfère vous écrire. Tant que je n'ai pas terminé ma tâche, je ne peux faire autre chose que vous écrire. Pour ne pas vous mettre en danger. Et, ainsi, vous aurez le temps d'apprendre à me connaître, peut-être à m'aimer autant que je vous aime.

Mais qu'il est dur de rester loin de vous, Jeanne... Chaque jour, je vous trouve plus belle encore. Et je me demande pourquoi vous vous acharnez à cacher votre beauté. Est-ce par excès de pudeur ? Avez-vous peur d'être aimée ? Vous étiez si belle, dimanche matin, lorsque je vous ai vue près de Notre-Dame-de-Beauvoir ! Vous aviez mis votre petite robe bleue qui vous va si bien. Un ange qui semblait sorti tout droit de la maison de Dieu. Vous croyez en Dieu, Jeanne ? Moi, je n'y crois plus. Mais je peux comprendre que vous ne partagiez pas ce point de vue. Ça ne me choque pas, je l'accepterai très bien... »

Jeanne s'arrêta de lire alors que le train stoppait à l'Estaque. Quelques voyageurs, déjà arrivés à destination, s'éparpillèrent sur le quai. Il m'a vue dimanche ! Il était là, près de moi ! Il me suivait ! Peut-être me suit-il chaque jour ?

Cette idée la terrorisait tout en lui procurant du plaisir. Elle vit s'éloigner lentement la gare avec son vieil abri aux ferronneries anciennes. Et elle aussi, repartit pour un drôle de voyage.

« ... Je l'accepterai très bien. Et je ne vous demanderai jamais de changer. Même si j'aimerais vous voir plus souvent porter une jolie robe, voir vos cheveux défaits ; vous voir libérée de ces vêtements stricts, tristes, sombres, qui ne reflètent en rien votre personnalité éclatante, votre fantaisie, votre imagination. Toutes ces choses que vous avez reléguées au fond de vous pour former une armure, pour cacher vos blessures. Parce que le regard des autres vous effraie, parce qu'il vous fait mal. Mais j'espère que mon regard ne vous blessera pas, qu'il saura au contraire vous ranimer, casser ces chaînes et ces barricades construites autour de vous. J'ai cet espoir, un peu fou peut-être, de vous ramener à la vie. De vous rendre heureuse un jour. J'ai ce rêve, Jeanne. Ce rêve que personne jamais ne pourra briser. Personne à part vous.

J'aimerais que vous m'écriviez, si vous en avez envie. Ce serait une grande joie. Vous pourrez tout me dire, tout me demander.

Je veux tout partager avec vous, vous offrir ma vie.
Elicius. »

La rame aborda le viaduc de la Vesse, géant de pierre dressé au milieu des pins maritimes. Peu après, une belle maison blanche nichée dans un écrin de végétation. Une demeure magnifique que Jeanne admirait chaque soir et chaque matin. Qu'il devait être bon de vivre là, face à la Grande Bleue... Justement, la calanque de la Vesse apparut et Jeanne ferma les yeux ; ainsi, elle pouvait entendre la mer mourir contre les rochers, refrain éternel et rassurant. Son cœur s'était calmé, doucement. Elicius savait lui parler. Elicius savait la regarder. Voir ce que personne ne soupçonnait. Voir au fond d'elle, au-delà de ce qu'elle montrait. Un regard perçant, des mots justes. Et tellement d'amour.

Pardonnez-moi, Elicius. Pardonnez-moi d'avoir eu l'idée de vous dénoncer à Esposito. À ce salaud qui n'a pas voulu prendre le temps de m'écouter. Heureusement, d'ailleurs. Comment pourrais-je trahir un homme qui m'aime de cette façon ? Un homme qui m'offre sa vie, qui est prêt à tout me donner...

Hé ! Atterris, Jeanne ! Tu ne vas pas laisser tomber aussi vite ? Demain, tu iras voir le capitaine et tu lui parleras... Le visage de Jeanne se crispa de colère. Je ne lui parlerai plus jamais ! Plus jamais ! Et je ne trahirai pas Elicius ! Le double continua à protester. Avec véhémence. Et Jeanne essaya de ne plus entendre sa voix...

Depuis des années, elle essayait de ne plus l'entendre. En vain. Parfois, elle avait envie de le tuer. Tuer l'autre. Même si l'issue du combat était fatale. Pour ne plus entendre. Pour oublier, aussi. Mais depuis quand cette chose avait-elle envahi son âme ? Elle ne s'en souvenait pas.

La Redonne-Ensuès, trois minutes d'arrêt. Et la rame qui s'allège encore.

Il aime ma robe bleue. Celle avec des petites fleurs blanches. Il faudra que je songe à détacher mes cheveux. Michel aussi, me disait que j'étais jolie. Mais il est parti. Ça me ferait du bien de pleurer. Pourquoi j'y arrive pas ? Est-ce qu'on a une quantité de larmes à la naissance ? C'est peut-être ça. Oui, j'ai dû épuiser le stock.

Chapitre neuf

Le capitaine Esposito se réveilla tard. Un dimanche ordinaire où il n'était pas de garde ; où il n'avait pas sa fille non plus. Un dimanche où il n'était ni flic ni père. Il s'étira, bâilla et s'extirpa à grand-peine du confort moelleux de ses draps. En ouvrant les volets, il fut agressé par une lumière grise et pénétrante ; il pleuvait doucement sur la cité phocéenne, ce dernier jour de mai serait maussade. Du coup, il retourna se coucher. De toute façon, il n'avait rien de prévu. Alors, autant récupérer les nombreuses heures de sommeil volées par le travail.

Il remonta les draps, ferma les yeux. Ne pas penser aux meurtres, au tueur, aux femmes assassinées… D'ailleurs, il avait peut-être changé de région et décidé de frapper sur la capitale. Mais cette idée ne suffisait pas à le rassurer ; il porterait toujours le poids de l'échec. Et, dans ce lit trop grand, personne pour alléger sa solitude. Il prit un oreiller, le colla sur son ventre. Ainsi, il parvint à se rendormir, épuisé…

Jusqu'à ce que son téléphone ne l'arrache brutalement du sommeil.

— Putain ! C'est pas vrai !

C'était vrai. Et le téléphone insistait.

— Allô ?

— C'est moi, Thierry... Désolé de te sortir du pieu mais faut que tu viennes...

— Ne me dis pas que...

— Si. On a un nouveau macchabée sur les bras...

Pas de réponse. Esposito avait le souffle coupé. Ce qu'il craignait le plus venait de se produire.

— On t'attend sur place. C'est à La Ciotat, au 25 rue Marquet. Je te préviens, c'est...

— J'arrive.

Il raccrocha et s'assit sur le lit, serrant l'oreiller dans ses bras. Il était revenu, il avait recommencé. Il ne s'arrêterait pas, il ne s'arrêterait plus jamais. L'oreiller termina sa nuit contre le mur avant de s'aplatir sur le sol.

Esposito se leva, enfila à la hâte un jean, un tee-shirt, une paire de baskets. Il prit son arme et descendit en courant jusqu'au parking souterrain récupérer sa voiture.

Le gyrophare, la sirène et Marseille qui défile comme dans un mauvais rêve... Une ville martyre, une ville qui pleure. Et ses larmes qui viennent s'écraser contre mon pare-brise.

Mais non, je ne vais pas pleurer moi aussi. Même si c'est de rage.

***

Jeanne sortit une feuille blanche et son stylo à plume du tiroir. Elle rentrait d'une promenade dans Istres, un petit tour au marché. Une balade en forme d'errance dans les ruelles étroites et biscornues, entre les vieilles maisons d'ocre et de craie mélangées. M'a-t-il vue ? Était-il là, juste derrière moi ? Elle avait détaché ses cheveux, mis sa robe bleue ; il faisait chaud malgré le ciel menaçant. Maintenant, elle avait envie d'écrire à Elicius.

La page resta vierge un moment, les mots ne venant pas. Quelque chose l'empêchait de se concentrer. T'es tarée, ma pauvre Jeanne ! Tu vas quand même pas écrire à ce fou ! Tu veux devenir sa complice ou quoi ? Si tu pouvais te taire, me foutre la paix… ! Oh non, je ne te foutrai pas la paix ! Tu devrais avoir honte de toi, honte de ton comportement !

Lentement, Jeanne parvint à faire le vide, à ignorer la voix. Et elle se lança.

« Elicius,

Je voulais simplement vous dire que vos lettres me touchent beaucoup. Que je suis sensible à votre amour. Certes, je ne vous connais pas encore vraiment et il m'est difficile d'imaginer autre chose qu'une correspondance. Mais vos lettres me font chaque jour plus plaisir. Et j'espère que vous continuerez à m'écrire.

Cependant, je ne peux occulter vos actions, les crimes dont vous vous rendez coupable. Je comprends que la douleur vous pousse à agir ainsi, mais je crois que vous devriez bannir toute idée de vengeance. Je crois que vous ne devriez pas faire régner la terreur dans le but de faire payer à d'autres le prix de votre souffrance. Surtout à des femmes innocentes.

Et je serais très heureuse d'apprendre que vous avez renoncé. Faites-le pour moi, faites-le pour vous.

Jeanne »

Ce n'était pas une lettre d'amour. Une supplique plutôt. Je ne peux aimer un assassin. Elle mit la lettre sous enveloppe. Elle ne savait pas si elle aurait le courage de la déposer dans le train. Et s'il m'écoutait ? S'il entendait ma prière ? S'il m'aime autant qu'il le prétend, il m'entendra.

Elle se rendit dans la cuisine pour boire un verre d'eau et y trouva sa mère en train de préparer le déjeuner. L'éternel rôti du dimanche. Cette viande rouge et écœurante. Et si je me prenais un appartement ? Un appartement pour moi toute seule, un chez-moi, avec un petit jardin, une cheminée dans le salon, une chambre en mezzanine, une bibliothèque. Et pas de télévision. Elle regardait sa mère s'activer derrière les fourneaux. Sa mère, ignorante du stratagème d'émancipation qui se tramait dans son dos. Elle ne le supporterait pas, elle en mourrait. Trop d'abandons dans sa vie. Jeanne ferma les yeux face au sacrifice annoncé. Puis elle retourna lentement dans sa chambre, repoussant ce rêve égoïste. Un jour, peut-être…

Elle se planta devant la fenêtre, y fut accueillie par un timide rayon de soleil.

Le petit jardin où elle jouait quand elle était gosse : un vieux figuier aux senteurs suaves et sucrées, les lavandes qui préparaient patiemment leur éclosion de couleurs. Et, au-delà des grilles, une rue étroite et calme ; au bout, une placette où quelques hommes disputaient la partie de pétanque dominicale à l'ombre des platanes centenaires.

Jeanne les observa quelques minutes ; ils jouaient avec un sérieux et une concentration étonnants. Comme si leur vie en dépendait.

Un grondement puissant lui fit lever les yeux ; un Mirage venait de quitter la base aéronavale et les vitres fines de la maison se mirent à grelotter doucement. Ils en ont de la chance de pouvoir voler ! S'arracher à la terre ferme, oublier la pesanteur de la vie... Jeanne baissa à nouveau les yeux. Le Mirage était loin, déjà. Je ne peux aimer un assassin...

Mais tu ne peux aimer personne, ma pauvre Jeanne ! Personne...

T'es trop déglinguée pour ça.

***

La Ciotat et ses chantiers fantômes, ses terrasses de cafés désertées pour cause de pluie. Esposito ne tarda pas à trouver l'adresse qu'il cherchait dans le quartier résidentiel : un attroupement, des lumières bleues, des hommes en tenue. Une sorte de rassemblement macabre, un amas de charognards sur une carcasse encore chaude. Il entra dans la belle maison bourgeoise et grimpa au premier sur les indications d'un planton.

Thierry Lepage l'attendait, le visage fatigué.

— Où est-elle ? demanda-t-il.

— Ben... Dans la chambre. Mais c'est pas... C'est pas « elle »... C'est « il ».

— Comment ça, « il » ?

— C'est un mec, pas une nana...

Le capitaine se sentit soudain libéré d'un poids énorme. Un meurtre, certes, mais rien à voir avec le tueur. Un cambriolage qui avait mal tourné, un règlement de comptes ou un crime passionnel. Peu importe.

Il suivit son adjoint, évitant tout de même d'afficher son soulagement.

Soulagement de courte durée : il y avait un homme, les mains liées dans le dos, à genoux, le front posé contre le mur. La gorge tranchée, le visage tailladé.

Esposito s'arrêta net, abasourdi.

— Merde !

— Il a été tué cette nuit, révéla Lepage. Entre trois et cinq heures du matin. Il s'appelait Bertrand Pariglia, trente-cinq ans, marié. Il était à la tête d'une société d'import-export...

Esposito restait figé à l'entrée de la chambre, les yeux rivés sur le corps sans vie. Pantin désarticulé qui prenait une pose grotesque. Qui tenait à genoux presque par miracle.

— Alors là, je comprends plus rien...

— Moi non plus, avoua Lepage. La mise en scène est identique, l'arme du crime semble être la même que pour les autres meurtres... Faut qu'on attende le rapport du toubib, mais, à mon avis, c'est le même fada...

— L'agresseur a volé quelque chose ?

— Apparemment, non. Il y a pas mal de trucs de valeur, ici. Mais tout est resté en place. Les tableaux, les bijoux... Il n'a rien touché.

— Et sa femme ?

— J'ai prévenu la mère de la victime et elle m'a dit que madame Pariglia était au chevet de son père, dans le Sud-Ouest...

— Il ne s'est pas défendu ?

— Si, visiblement, il y a eu une lutte...

Esposito passa la pièce en revue. Il devait retrouver ses moyens, chacun ici attendant qu'il jouât son rôle de chef.

Effectivement, la victime avait résisté. Des objets cassés et éparpillés sur la moquette en témoignaient.

— On trouvera peut-être l'empreinte génétique du tueur, dit-il. S'ils se sont battus, on trouvera peut-être…

— Possible, admit Thierry.

— Des témoins ? Quelqu'un a entendu quelque chose ?

— Pour le moment, on n'a rien. Mais on n'a pas terminé l'enquête de voisinage…

— Je vais vous donner un coup de main… Vous pouvez emporter le corps.

Le capitaine quitta la chambre ; il avait toujours détesté ce moment où les victimes partaient pour l'Institut médico-légal. Peut-être parce qu'il visualisait la suite. Deuxième charcutage.

Il fit le tour de l'appartement, comme pour se familiariser avec l'univers de cet inconnu. Pour trouver un indice qui le mette enfin sur la piste du tueur en série. Les mâchoires serrées, un goût amer dans la bouche, il maîtrisait sa colère. Jamais encore, il ne s'était senti aussi désarmé face à l'adversaire.

N'y tenant plus, il déserta la maison, presque heureux de retrouver la tiédeur de cette pluie d'été.

Une femme en pleurs sortit d'une voiture et fendit la foule. Leurs regards s'effleurèrent un court instant. La mère de la victime, sans aucun doute. Une douleur de plus. Tous ces gens à qui il aurait pu éviter le malheur de perdre un enfant, un proche…

Désormais, il en faisait une affaire personnelle. Il y passerait ses jours, ses nuits, sa vie entière s'il le fallait. Et sa traque ne connaîtrait ni répit ni pitié.

Chapitre dix

Jeanne émergea du monde souterrain pour se retrouver sur le trottoir, au milieu de la foule de ce lundi matin. Le premier jour de juin marquait le retour triomphal du soleil et de la chaleur estivale.

En levant la tête, elle tomba sous le charme d'un ciel bleu tendre. Une de ces couleurs qu'on ne voit nulle part ailleurs. Comme si l'écume blanche de la mer venait s'y mêler pour l'adoucir. Une de ces couleurs qui allègent le cœur, donnent envie de faire l'école buissonnière...

Jeanne avait ralenti. Et si je n'allais pas bosser, ce matin ? Si je partais vers le Vieux-Port ? Regarder la mer chahuter doucement les petites barques de pêcheurs, marcher sur les quais débordants de vie. La Joliette, Le Panier, l'Archipel du Frioul... Des noms pittoresques, à eux seuls promesses de flânerie. Une cité tout entière tournée vers le large. Une ville d'iode et de lumière, de sel et de soleil. Et si je n'allais pas au bureau ce matin ?

Mais non, Jeanne était bien trop sage pour changer sa route. Pour suivre ses envies. Alors, elle profita des derniers instants de liberté, respirant à pleins poumons le soupçon d'embruns et d'algues marines qui montait jusqu'ici, jusqu'au cœur de la ville. Presque de quoi oublier l'ozone et le dioxyde de carbone. Presque...

Un vent léger faisait ondoyer ses cheveux, détachés. Elle n'en revenait pas d'avoir osé. Mais, soudain, tandis qu'elle approchait du commissariat, elle s'arrêta : ils allaient la dévisager, sourire dans son dos. Qu'est-ce qu'il lui arrive à celle-là ? Elle hésita quelques secondes, luttant contre elle-même, puis elle attrapa une barrette dans son sac à main. Elle n'y arriverait pas aujourd'hui ; pas grave.

Demain, peut-être...

***

Le capitaine n'était rentré chez lui que quelques heures. Histoire de dormir un peu, de prendre une douche, de se raser. Il était déjà sur le pied de guerre.

Une guerre, voilà le mot. Ce cinquième meurtre, c'était une déclaration de guerre. Sauf qu'il fallait tout recommencer à zéro. En tuant un homme, il avait changé la donne.

Le « profiler » s'était sans doute planté ; encore un charlatan grassement payé ! L'équipe avait ressorti les cinq dossiers, chacun essayant de trouver ce qui pouvait unir ces différentes victimes. Comprendre le tueur, cerner sa personnalité, pénétrer les méandres de ce cerveau malade, telle était leur mission. Le comprendre pour le débusquer avant qu'il ne sorte une fois de plus de sa tanière.

Esposito quitta son bureau et traversa la grande pièce où ses lieutenants, trois hommes et une femme, travaillaient dans un silence religieux. Se dirigeant vers la machine à café, il croisa Jeanne et lui adressa un petit sourire.

Mais elle ne s'arrêta pas, continuant sa route, la tête haute.

— Bonjour, fit-elle d'un ton sec.
— Salut...

Elle poussa la porte du secrétariat, le cœur en friche, laissant derrière elle une déception qu'elle n'aurait pas pensée si cruelle. Une nouvelle journée commençait, identique à tant d'autres. Sauf que, ce matin, elle avait déposé une lettre au plus recherché des tueurs. Et, ce soir, elle trouverait une lettre de ce même assassin. Cet homme sans visage qui était un voyage à lui seul.

Pas seulement un assassin, songea-t-elle en allumant son ordinateur. Mais un homme blessé, fragile et en souffrance. Il a besoin d'aide. De mon aide.

Il m'a choisie, moi et nulle autre. Parce qu'il me connaît, mieux que personne.

— T'es au courant, Jeanne ? demanda Monique.

Elle leva la tête.

— Au courant ? De quoi ?
— Le tueur... Il a remis ça !

Oh Seigneur ! J'aurais dû lui écrire plus tôt ! Mon Dieu, j'aurais dû avertir Esposito !

— Ah... Ah bon ? bégaya-t-elle.
— Oui, il a buté un mec dans la nuit de samedi à dimanche...
— Un mec ? Mais...
— Eh ouais, un mec ! renchérit Clotilde. C'est vraiment un jobastre, ce type !
— Certainement, murmura Jeanne en fixant son écran.

Ça doit se voir que je sais des choses. Ça doit se voir ! Elles vont s'en apercevoir, elles vont me balancer...

Mais elles ne voyaient rien d'autre que le bout de leur nez et se remirent au travail. Faire le point des congés. Mais les chiffres se mélangent, valse étrange de numéros ; comme un bug dans l'ordinateur.

Non, c'est moi qui ne vois plus rien. C'est moi qui déraille.

***

En revenant dans le bureau, Esposito trouva ses lieutenants en train de discuter. De plaisanter et de rire.

— C'est tout ce que vous avez à foutre ? lança-t-il.

Ils tournèrent tous la tête vers lui, étonnés. Ils ne l'avaient encore jamais vu aussi perturbé. Aussi agressif.

— Remettez-vous au boulot ou changez de brigade !

— OK, t'énerve pas, conseilla Thierry. On discutait juste cinq minutes...

Esposito s'approcha, le dévisageant avec rage.

— On n'a pas le temps de discuter ! On a un cinglé qui se balade dans cette putain de ville et on n'a pas le temps de discuter ! C'est clair ?

— Oui, très clair, capitaine, répondit Solenn.

Solenn, la dernière recrue de la brigade. Une jeune femme intelligente, drôle et très perspicace. Mais elle avait un défaut majeur aux yeux de Fabrice : elle était jolie et cela avait tendance à déconcentrer ses hommes. Lui aussi, parfois. Mais pas ce matin.

— Tant que ce taré sera en liberté, j'exige de vous que vous soyez sur le pont seize heures par jour ! Et si ça ne vous convient pas, la porte est ouverte...

Il passa dans son bureau et les policiers échangèrent un regard inquiet. Ils n'avaient pas fini d'en prendre pour leur grade.

***

17 h 36, l'heure des retrouvailles. Mais Jeanne ne pouvait s'abandonner à la joie de cette rencontre. Tiraillée entre le désir intense de lire ce qu'il avait écrit pour elle et la culpabilité qu'engendrait ce même désir. Pourtant, elle n'était pas responsable de ces meurtres. J'ai tué personne, moi ! J'ai tué personne… Mais tu fermes les yeux sur ces actes odieux ! Tu te refuses à livrer Elicius à la police ! Si les flics savaient qu'il prend cette ligne chaque jour, ils l'auraient coincé depuis longtemps… ! Ah oui ? Il m'aurait tuée depuis longtemps, tu veux dire !

Le TER était là, Jeanne monta à bord. Trop tard, quelqu'un venait de lui piquer sa place. Une colère soudaine l'envahit ; elle resta plantée face à l'intrus, un homme d'une cinquantaine d'années en chemisette et cravate, très occupé à lire la presse. Elle s'assit non loin, à côté d'une inconnue, posa son sac sur ses genoux, prête à bondir aussitôt qu'il descendrait. Et s'il va jusqu'à Miramas ? J'irai aussi. J'attendrai qu'il soit parti pour prendre la lettre. Le tout est qu'il ne la trouve pas avant moi.

Le train commença à glisser doucement sur le métal brûlant tandis que Jeanne observait du coin de l'œil l'individu qui avait osé profaner son territoire. Elle se rongeait frénétiquement les ongles et sa jambe droite s'agitait d'un mouvement rapide et régulier. Pourvu qu'il descende à l'Estaque ! Pourvu qu'il ne regarde pas sur le côté ! Ses deux jambes s'agitaient, maintenant. De plus en plus vite. L'angoisse crispait ses mains, tordait son visage.

Sa voisine lui jeta un regard indiscret. Alors, elle prit son roman dans son sac, histoire de camoufler son désarroi, de se donner une contenance. Mais les mots n'avaient pas de sens.

Gare de l'Estaque. Elle tourna la tête vers l'ennemi. Il ne bougeait pas, les yeux rivés sur son canard. Mais pourquoi il descend pas ? Il feuilletait son quotidien, elle feuilletait son roman. Elle n'avait plus d'ongles à ronger, elle était arrivée à la chair. Michel détestait que je me bouffe les ongles. Michel. C'est pas le moment de penser à lui. Il est nul, ce bouquin ! Esposito m'a trahie. Curieux mélange dans ce cerveau chauffé à blanc.

Des minutes aussi longues que les voies... Soubresauts réguliers du convoi sur les jointures des rails, rengaine assassine...

La gare de La Redonne-Ensuès approcha, l'homme plia son journal. Ça y est, il va descendre ! Il faut qu'il descende !

— Casse-toi, merde !

Sa voisine la considéra, la mine étonnée. Jeanne se mordit les lèvres.

Le train ralentit. La Redonne était bien la destination de l'importun qui attrapa son attaché-case et se leva.

Jeanne, dans les starting-blocks, les mains serrées sur les anses de son sac... Dès que le train s'arrêta, elle se leva à son tour et se précipita à sa place. La femme la regardait encore, de plus en plus déconcertée.

Le Marseille-Miramas se remit en route. Jeanne glissa la main sur le côté du siège et le contact du papier entre ses doigts la rassura. Il était là, près d'elle. Une seule feuille, ce soir. Et seulement quelques mots.

« Lundi, le 1ᵉʳ juin,

Jeanne,

J'étais si heureux en trouvant votre lettre, ce matin... Mais vos paroles m'ont blessé... Elles montrent que vous ne m'avez pas compris, que vous ne m'acceptez pas tel que je suis.

Non, ma vengeance ne s'arrêtera pas en chemin.

Non, je ne tue pas d'innocentes victimes.

Et, non, je ne renoncerai pas par amour pour vous.

Votre lettre me prouve que vous ne m'aimez pas, que vous ne me comprenez pas.

Pourtant, j'en suis certain, un jour, vous comprendrez. Un jour, vous m'aimerez.

Parce que vous n'aurez pas d'autre choix. Parce que c'est une évidence : nous sommes faits l'un pour l'autre.

En attendant, ne m'écrivez plus.

Elicius. »

Gare de Sausset-Les-Pins. Jeanne serra ses doigts sur le papier. Dans sa main qui tremblait.

Pourquoi tu trembles, Jeanne ?

Parce que j'ai peur.

***

— Je crois que j'ai quelque chose...

Lepage dévisagea son chef avec un air empreint de lassitude. Esposito se tenait debout près de la porte de son bureau, un dossier à la main. On aurait dit un élève qui vient remettre sa copie au prof.

— Quoi ?

— Je crois que j'ai trouvé ce qui unit nos victimes...

Le visage de Thierry se modifia. Comme si la fatigue s'en était envolée d'un seul coup.

— Deux des cinq victimes ont fait leurs études à l'École Supérieure de Commerce et de Management de Marseille...

— À l'ESCOM ?

— Oui, la première, Sabine Vernont et le dernier, Bertrand Pariglia...

Le capitaine s'approcha et déposa ses notes sur le bureau de son adjoint.

— J'ai tout écrit, là... C'est le seul point commun que j'ai pu trouver...

— Deux sur cinq, c'est pas très probant, souligna prudemment Thierry.

— Oui, mais ce n'est pas tout ; la deuxième victime, Charlotte Ivaldi, est la fille d'une ancienne employée de l'ESCOM... Josiane Ivaldi, secrétaire de 1985 à 1992. Elle et sa fille logeaient dans l'établissement... Dans un appart' de fonction.

— C'est vrai que c'est curieux, admit le lieutenant. Et les deux autres filles ?

— Pour le moment, j'ai pas pu trouver de lien entre elles et cette école. Mais on va chercher... Et on va trouver !

Lepage regarda la feuille où s'alignaient les noms des victimes avec, en face, les dates auxquelles elles avaient fréquenté le prestigieux établissement. Puis il releva la tête et tomba sur le sourire d'Esposito ; le premier depuis longtemps.

— Bon boulot, chef ! Mais... tu crois vraiment que c'est une bonne piste ?

— Je suis même certain que c'est la clef...

Il évita de voir le doute dans les yeux de son adjoint et alluma une cigarette avant d'aller se planter devant la fenêtre.

La ville s'éveillait à peine, il devait être 6 heures du matin, pas plus. Une douce lumière et peu de bruit encore. Le calme avant l'explosion de vie. Esposito laissait son esprit voler au-dessus des toits. Les pêcheurs avaient déjà pris la mer depuis longtemps pour rapporter leur butin à l'heure dite. Les hommes du Port Autonome s'activaient sur les docks aidés de grues titanesques... Tout ça, sous le regard bienveillant de la Bonne-Mère, juchée en haut de son piédestal. Marseille, immense, chamarrée, cosmopolite. Généreuse. Exubérante et indisciplinée. Un caractère bien trempé, des saveurs particulières entre mer et collines provençales. Selon son humeur, on pouvait s'y perdre ou s'y retrouver. Mais toujours s'y attacher.

— Le tueur ne prend pas ses victimes au hasard, reprit le capitaine. Ce n'est pas un fou... Ce type se venge.

— Une vengeance ?

— Ouais, une vengeance... Sinon, il n'aurait pas buté ce mec, Pariglia... Un tueur en série s'attaque toujours au même type de victimes...

— Tu crois qu'il était à l'ESCOM, lui aussi ?

— Peut-être...

— À quelle période les victimes ont-elles fréquenté l'école ?

— De 1988 à 1991.

— 1988 ? Ça fait quinze ans !

— Ouais, quinze ans... Bon, faut récupérer la liste des étudiants de l'ESCOM entre 88 et 91...

— Ça va faire pas mal de monde...

— Et alors ? Tu vois une autre solution ? De toute façon, on va d'abord s'intéresser aux étudiants des mêmes sections que les victimes... Ceux entrés en 88. Ça en fera beaucoup moins... Il faut aussi vérifier si les deux victimes restantes ont un rapport de près ou de loin avec cette école.

Lepage soupira. De nouveau rattrapé par la fatigue.

— Solenn arrive à 8 heures, ajouta Esposito. Je la chargerai de ce boulot... Toi, t'as qu'à rentrer chez toi et te reposer...

— Et toi ?

— Quoi, moi ?

— Tu ne vas pas dormir un peu ?

— Non, j'ai pas sommeil... Je dormirai plus tard...

— Je reviens cet après-midi... Tu devrais en faire autant...

— J'ai pas sommeil, j'te dis. T'en fais pas pour moi.

Lepage esquissa un sourire triste, salua son chef d'un signe de la main et attrapa son blouson. Il disparut dans les couloirs déserts du commissariat, titubant de sommeil, pressé de retrouver son appartement et son lit. Quant à son épouse, il la croiserait à peine. Elle se lèverait quand il se coucherait. Et quand il se réveillerait, elle serait au boulot. J'aurais dû bosser aux impôts ou dans un truc comme ça. Un truc où il y a des horaires fixes, des dimanches et des jours fériés. Où c'est mieux payé, en plus.

Sauf qu'aux impôts, je me serais fait chier à longueur de journée.

Chapitre onze

Quinze minutes que le train faisait du surplace entre l'Estaque et Saint-Charles. Jeanne surveillait les aiguilles de sa montre comme si elle voulait ralentir leur course effrénée. Je vais rater le 8 h 05 et je vais arriver à la bourre ! Elles vont me regarder de travers, elles vont me poser des questions ! Des tas de questions...

La rame s'était arrêtée d'un seul coup et chacun attendait plus ou moins sagement qu'elle veuille bien repartir. Mais les gens se mirent progressivement à échanger leurs points de vue : on est en panne, il y a un arbre en travers des rails. C'est encore une grève ! Des manifestants au beau milieu des voies...

Et ces aiguilles qui ne cessent d'avancer ! Monique va être furieuse !

— Ils pourraient nous donner des explications, au moins !

Jeanne lorgna vers son voisin qui, commençant à perdre patience, avait décidé de passer ses nerfs en crachant son venin contre la SNCF.

— C'est toujours pareil ! Tout le temps du retard et jamais un mot d'excuse ! Quelle bande de cons !

Il regarda Jeanne comme s'il voulait la prendre à témoin. Mais elle tourna la tête et se concentra sur les abords du ballast. Pas grand-chose à voir, mais c'était toujours mieux que ce sale type qui suait la bêtise par chaque pore de la peau. Déjà qu'elle supportait son encombrant after shave depuis Istres...

— Dès qu'on arrive, j'irai me faire rembourser mon trajet ! Pas vous ?

Elle ne répondit pas et ce silence lui coupa la parole. Mais d'autres mécontents prirent le relais.

— Ils exagèrent, quand même ! Au prix où on paye !

— Ouais ! C'est pas eux qui vont se faire engueuler parce qu'ils arrivent en retard !

Jeanne cessa de regarder sa montre ; elle pensa à Elicius. Quel jour on est, déjà ? Jeudi. Le 4 juin. La veille, elle était passée chez l'opticien pour commander ses verres de contact. Est-ce qu'Elicius va me préférer sans mes lunettes ? En tout cas, depuis lundi soir, aucune nouvelle de lui. Il ruminait sa colère.

Vous m'aimerez parce que vous n'aurez pas d'autre choix. Une bien étrange déclaration qui ressemblait plus à une menace qu'à un poème... !

Elicius n'aime pas qu'on le contrarie. T'as oublié que c'est un tueur, Jeanne ? Tu crois que c'est un enfant de chœur ? C'est un fou qui assassine pour le plaisir !... Non, pas pour le plaisir ; pour assouvir une vengeance. Ces gens lui ont fait du mal, ils en payent le prix. C'est pas la même chose... C'est ça ! Couvre-le, trouve-lui des excuses ! Tu es pitoyable, ma pauvre Jeanne !

Elle ferma les yeux sur sa honte ; sur sa peur, aussi. Trois nuits qu'elle passait recroquevillée sous les draps, tremblant au moindre bruit venu de la rue. Craignant à chaque instant qu'il n'entre dans la chambre et lui fasse regretter son affront.

Il m'aime, il ne peut me tuer. On ne tue pas ceux qu'on aime. À moins qu'ils refusent l'amour qu'on veut leur donner. Oui, on peut sans doute les tuer pour ça.

Le temps s'écoulait lentement. Jeanne, isolée dans son monde, ne prêtait plus attention à ceux qui l'entouraient.

Mais une rumeur s'empara soudain du wagon. Comme une vague venue de nulle part, qui grossissait seconde après seconde…

Un mort. Un homme sur la voie. Un suicide ? Un accident ? Une chose était sûre, il y avait un cadavre sur les rails. Et le train ne repartait pas pour cette raison. Certains se levèrent, essayant d'entrevoir par les fenêtres. Curiosité morbide et contagieuse.

Des gens marchaient sur les voies. On avait ouvert les portes, il fallait évacuer le train.

Jeanne prit son sac et suivit le troupeau. À l'air libre, elle vit des dizaines de policiers en tenue qui tentaient d'encadrer la transhumance. Une belle pagaille sans chef d'orchestre !

Les passagers se retrouvèrent sur une route, puis regroupés au beau milieu d'un parking.

— Des bus vont venir vous chercher et vous emmèneront à la gare Saint-Charles !

Les protestations fusaient, les gens criaient ; ils avaient déjà oublié qu'il y avait un corps en travers de la voie.

On va tout de même pas rouler sur quelqu'un, songea Jeanne. C'est normal qu'on s'arrête. Si c'était moi qui étais morte, j'aimerais pas que le train me roule dessus. Mais peut-être qu'on était déjà passé dessus ?

Elle frissonna et s'appuya contre un poteau en béton, un peu à l'écart du groupe.

Ça doit être horrible de mourir comme ça. Elle ferma les yeux. Il y a tant de façons de mourir, tant de façons d'en finir. Alors pourquoi choisir celle qui fait le plus mal ? Pour souffrir jusqu'au bout, peut-être. Pour vérifier que la vie est décidément trop douloureuse.

Michel.

***

Esposito monta dans sa voiture. Thierry le rejoignit aussitôt. Le capitaine actionna la sirène et démarra brutalement, faisant crisser les pneus. Puis il alluma une cigarette et descendit la vitre. Il roulait vite. Sur les nerfs. Pire : au bord de l'implosion. La cadence s'accélérait. Deux morts à quatre jours d'intervalle. À ce rythme, le tueur allait décimer tous les anciens de l'ESCOM en quelques mois ! Il n'y aurait plus grand monde aux réunions d'anciens étudiants…

Et, maintenant, il donnait dans le spectaculaire, il plaçait ses victimes en plein milieu d'une voie ferrée !

Mais le plus dur, sans doute, c'était ce petit mot, retrouvé accroché au cou du cadavre : *À la prochaine, capitaine Esposito.*

— Et si ce n'était pas lui ? suggéra prudemment Lepage.

— Tu te fous de moi ou quoi ? rétorqua le capitaine.

— Le message est peut-être là pour brouiller les pistes. Et puis, d'habitude, il les bute à la maison !

— Ben, il a changé ses habitudes ! C'est bien connu, la routine, c'est chiant ! Et il ne l'a certainement pas tué ici... Il a dû le transporter après l'avoir refroidi...

— Il doit être sacrément costaud, dans ce cas ! Parce que le type devait bien peser dans les quatre-vingts kilos...

— Il est surtout sacrément barge !

— Ouais, ça, c'est sûr... N'empêche qu'il doit être sacrément fort... Le Pacha va encore nous tomber sur le poil !

— Qu'il aille se faire foutre ! Ça fait des semaines qu'on bosse comme des dingues ! Alors qu'il vienne pas m'emmerder ! Sinon, il cherchera ce malade sans moi !

— Tu sais bien qu'il va nous engueuler... C'est son boulot, il est payé pour ça...

Marseille, asphyxiée par les embouteillages. Même avec la sirène, le gyro et les phares, les deux policiers se retrouvèrent bloqués.

Le capitaine donna un coup de volant à droite et leur véhicule emprunta le trottoir, sous les yeux ébahis des piétons.

— On n'est pas pressés ! souligna Thierry.

Esposito lui envoya un regard acerbe.

— OK. Je la ferme... Tâche d'écraser personne, quand même...

— Lâche-moi, tu veux !

Lepage se résigna au tout-terrain en pleine ville, s'accrochant à la poignée. Les passants leur balançaient des reproches ; ils étaient habitués aux chauffards, mais là, ça dépassait les bornes !

Esposito ne les entendait pas ; se contentant de les éviter. Six victimes et une seule piste... Non, un embryon de piste, un début de chemin qu'il va falloir attaquer à la serpe pour se frayer un passage jusqu'au tueur. Et encore, sans doute cherchaient-ils l'explication de l'inexplicable. Ce fou avait peut-être une dent contre les chefs d'entreprise ou les gens friqués. Pas plus...

La voiture descendit enfin du trottoir et grilla aussitôt un feu rouge.

— Tiens ! C'est pas la petite du secrétariat ? fit brusquement le lieutenant.

Esposito regarda sur sa droite, Jeanne attendait le bus.

— On pourrait peut-être la prendre en stop, continua Thierry.

Fabrice freina violemment et son adjoint baissa la vitre.

— Venez, montez ! On rentre au commissariat...

Jeanne grimpa à l'arrière et le capitaine repartit aussi sec. Lepage tourna la tête et adressa un sourire courtois à leur invitée.

— Vous êtes à la bourre, on dirait !

— C'est le TER... Il a été stoppé après l'Estaque, c'est un bus qui est venu nous chercher... Il devait nous déposer à la gare, mais...

— Vous étiez dans le train ? coupa Esposito.

— Oui... Paraît qu'un type s'est jeté sur la voie...

— Pas vraiment, révéla Lepage. Il a pas choisi de finir à cet endroit-là...

— C'est un meurtre ? s'enquit Jeanne avec effroi.

— Ça m'en a tout l'air...

Le capitaine conduisait toujours aussi nerveusement et Jeanne sentit son cœur monter et descendre dans sa poitrine. Ce n'était plus une voiture, c'était une barque dans le port, par un jour de mistral.

— Vous avez vu quelque chose ? demanda soudain Esposito.

— Moi ? Non. J'ai rien vu du tout... Rien du tout. Le train s'est arrêté et on a attendu un moment... Et puis la police nous a fait évacuer... Pourquoi ?

— C'est le tueur, laissa échapper Lepage.

Esposito le foudroya du regard, mais il haussa les épaules. De toute façon, tout le monde serait au courant en moins de deux. Alors, quelle importance ?

— Le tueur ? répéta Jeanne. Celui qui a tué les femmes et le type de La Ciotat ?

— Lui-même... En fait, on n'est pas encore sûr... Mais le mode opératoire semble être le même... Sauf que cette fois, il a transporté sa victime sur ces rails... Je ne vois vraiment pas pourquoi !

Jeanne se laissa aller en arrière, ferma les yeux. Elicius avait donc décidé de lui montrer qu'il n'avait pas l'intention de s'arrêter.

Par la manière forte. En plaçant un cadavre en travers de son chemin.

— Ce type est un échappé de l'asile ! ajouta Lepage.

— Pas forcément, murmura Jeanne.

— Qu'est-ce que vous dites ?

— Rien...

— En tout cas, pour le moment, j'aimerais que vous gardiez ces informations pour vous, précisa Esposito d'un ton sec. Nous n'avons pas de certitude. Alors, inutile de faire courir une rumeur...

Jeanne vit son regard dans le rétroviseur central. Un regard qui la blessa.

— Pas la peine de me le préciser, répondit-elle. Qu'est-ce que vous croyez ? Que je suis concierge au commissariat ?

Là, elle lui avait cloué le bec. Incroyable ! D'habitude, elle manquait de repartie. Mais, ces derniers temps, elle prenait de l'assurance.

***

« Jeudi, le 4 juin.
Jeanne,
Pardonnez mon long silence. J'étais en colère contre vous. Mais l'amour est plus fort que la colère.
Celui que j'ai déposé à vos pieds ce matin vous avait fait du mal, Jeanne. Comme tous les autres. Et il a payé pour ça. Comme tous les autres.
Elicius »
Dehors, les grandes cheminées crachaient leur fumée âcre tout autour du golf de Fos, formant un nuage nauséabond au-dessus de la mer, indifférente.
Celui que j'ai déposé à vos pieds ce matin vous avait fait du mal, Jeanne. Comme tous les autres. Et il a payé pour ça. Comme tous les autres... Elle ne comprenait plus rien. Qu'est-ce qu'il veut dire ? Je ne connaissais pas ces gens. Je ne les avais jamais vus. Pourquoi m'auraient-ils fait du mal ? Vous perdez la raison, Elicius. Vous mélangez ma vie à la vôtre, vous devez confondre nos histoires... Je ne veux pas de la mort en offrande, Elicius. Je ne veux pas qu'ils meurent pour moi. Ils ne m'ont rien fait. Je vous en prie, arrêtez-vous.

***

— Comment s'appelle la dernière victime ? Celle du train...

— Marc de Merangis, répondit Esposito. Trente-quatre ans, responsable de la filiale française d'une entreprise américaine d'agro-alimentaire.

Le directeur masquait mal sa colère. Le Pacha, comme tout le monde l'appelait ici, était un homme d'environ cinquante-cinq ans, grand et affreusement maigre. D'ailleurs, ses ennemis le surnommaient le « stoquefich ». Éloquent ! « Il a dû sécher au cagnard ! » Esposito essaya de ne pas penser à ce détail qui aurait pu le faire sourire alors que ce n'était vraiment pas le moment. Habituellement, ses rapports avec le Pacha étaient bons. Mais, ce soir, il savait qu'il avait été convoqué pour subir un passage à tabac. Verbal, certes. Mais un passage à tabac tout de même. Le Patron affûtait sa lame qui pouvait se révéler particulièrement tranchante.

— Combien de morts va-t-il falloir pour que vous mettiez la main sur ce fou ?

Le ton était calme, maîtrisé. Le regard dur et mordant.

— Je ne sais pas, monsieur le directeur. Mes gars et moi, on bosse jour et nuit, mais ce salopard ne laisse aucun indice derrière lui… Et puis, on n'arrive pas à le cerner… Au début, il ne s'attaquait qu'aux femmes et on a cru qu'il s'agissait d'un malade sexuel… Mais, maintenant, il descend des types et…

— Je sais tout ça, Esposito. Dites-moi plutôt ce que je ne sais pas.

— Nous avons découvert le lien qui pourrait unir toutes ces victimes : la première et les deux dernières sont passées à l'ESCOM entre 88 et 91… Et la mère de la deuxième y travaillait entre 85 et 92…

Le Pacha fit une grimace significative : le prestigieux établissement marseillais mêlé à cette sordide histoire ? Manquait plus que ça !

— À l'ESCOM ? Vraiment ?

— Oui. C'est le seul point commun que nous avons trouvé mais à mon avis, c'est une piste essentielle.

— Peut-être... Ensuite ?

— Eh bien, nous avons demandé à l'école de nous communiquer la liste des étudiants inscrits ces trois années-là ; nous l'avons eue ce matin. Mais je ne vous dis pas le nombre de personnes que ça représente ! En tout cas, je suis sûr que le nom du tueur est sur cette liste...

— Je crois en votre instinct, Esposito. Mais allez-y doucement avec l'ESCOM... Et maintenant, que comptez-vous faire ?

— Nous allons interroger les personnes qui ont eu un contact avec les victimes et opérer des recoupements avec les fichiers de délinquants...

Le Patron se leva et marcha jusqu'à la fenêtre.

— Ça va vous prendre pas mal de temps... De plus, je ne crois pas qu'il y ait beaucoup de délinquants sortis de l'ESCOM...

— Je sais, monsieur le directeur.

— Nous avons six victimes sur les bras, capitaine. Et moi, j'ai le ministre, le préfet et le maire sur le dos. Si ça continue, je vais me faire limoger. C'est ce que vous voulez ?

— Bien sûr que non, monsieur le directeur. Et justement...

— Oui ?

— Justement, je suis venu vous proposer ma démission.

Le Pacha pivota sur lui-même et toisa son subordonné avec étonnement.

— Votre démission ? Vous vous croyez où, Esposito ? Dans une série télé ? Je n'accepte pas votre démission ! Vous allez me trouver ce malade mental et me le coller derrière les barreaux ! Vous n'échapperez pas aussi facilement à vos responsabilités. C'est clair, capitaine ?

— Très clair, monsieur le directeur.

— Et vous devriez dormir un peu. Ça vous ferait du bien, je crois…

— Je n'ai ni le temps ni l'envie de dormir…

— Oui, mais vous en avez besoin. Dès demain, je vous donne du renfort. Vous aurez deux personnes de plus dans votre équipe. Je ne sais pas trop où je vais les prendre, mais vous les aurez.

— Merci, monsieur le directeur.

— Ne me remerciez pas, Esposito. En refusant votre démission, je vous mets dans la merde. Mais il n'y a pas de raison que je sois le seul à y être. Et que les choses soient, encore une fois, bien claires : si vous échouez, vous vous retrouverez dans un commissariat pourri à dresser des procès-verbaux ! Je sais que vous êtes un bon flic, mais je ne pourrai rien faire pour sauver votre peau.

— Je sais, monsieur.

— Bonne nuit, Esposito.

Chapitre douze

« Vendredi, le 5 juin,
Jeanne,
Je fais souvent le même cauchemar. C'est comme une histoire sans début et sans fin. Une sorte de cercle infernal qui transforme mes nuits en un moment douloureux.
Je cours, dans un couloir immense et sombre. Je suis à bout de souffle, épuisé. Je pousse une porte et je descends un escalier. Ensuite, un autre couloir. Juste un étage plus bas. Et je cours encore. Je me retourne, je ne vois rien. Rien, à part l'obscurité inquiétante de ce couloir. Pourtant, je sais que je dois continuer à fuir. Que mes ennemis sont là, derrière moi. Qu'ils me cherchent. Alors je cours, de plus en plus vite. Une autre porte, un autre escalier. Le carrelage est beige, sale. Et de nouveau, un couloir. Il y a des tas de portes sur les côtés. Mais elles sont fermées. Impossible de trouver un refuge, une planque. Derrière les vitres de ces portes, des gens me regardent. Mais personne ne m'ouvre, personne ne me vient en aide. Tout le monde semble indifférent à mon malheur. Alors je cours, encore et encore. J'entends des pas derrière moi, des

cris derrière moi. Mais je ne vois pas mes ennemis. Je les sens. Là, juste derrière. Invisibles et menaçants. Bientôt, je n'aurai plus la force de courir. Je tomberai au milieu du couloir. Exténué. Effrayé. Et ils me rattraperont. Mais je me réveillerai. Je me réveille toujours avant d'avoir eu le temps de voir leurs visages.

Toutes ces nuits d'horreur, toutes ces fuites éperdues...
Mais bientôt, j'arrêterai de fuir. Parce que j'aurai éliminé mes ennemis.

Avez-vous un cauchemar, Jeanne ?
Suis-je devenu votre cauchemar ?
J'aimerais tant être votre rêve. Protéger vos nuits comme vos jours.

Elicius. »

Bientôt, le TER entrerait en gare de Carry-Le-Rouet. Et le trajet continuerait, immuable. Mais, depuis la veille, Jeanne avait une nouvelle peur. Voir les rails se transformer en autel du sacrifice. *Avez-vous un cauchemar, Jeanne ?* Elle rangea la lettre dans son sac, appuya son front contre le plexiglas. Le convoi s'engagea sur le viaduc de la Calanque-des-Eaux-Salées. Jeanne sentit son cœur aspiré par un vide immense.

Avez-vous un cauchemar, Jeanne ? Oui. Michel.

***

Il faisait chaud, ce soir. Le dernier train était parti depuis longtemps, la gare dormait. Pas Jeanne. Accoudée au rebord de sa fenêtre de chambre, elle songeait à Elicius. À ses cauchemars. Aux siens, aussi. Comme lui, elle fuyait depuis longtemps. Depuis que Michel s'était enfui, justement. Parti sans rien dire, sans rien expliquer.

— Est-ce à ce moment-là que je suis devenue cinglée ? Non, ça doit dater d'avant. Je ne me souviens plus très bien...

Pas un brin d'air, pas un souffle ne venait soulager la petite ville d'Istres. Ni le cerveau de Jeanne. Elicius, peut-être, l'observait dans la pénombre. Cette idée la fit frissonner.

Elle arrangea ses cheveux, détachés, comme il aimait. Lui, au moins, pensait à elle. Au moins quelqu'un qui pense à moi. C'est déjà ça. Bien sûr, elle aurait préféré que son chevalier servant ne soit pas un criminel assoiffé de sang et de vengeance. Mais il n'était pas que ça. Au travers de ses phrases, elle avait perçu une sensibilité exacerbée, un romantisme rare. Une délicatesse, même. Et il devait être terriblement intelligent pour déjouer la police. Le capitaine Esposito n'était pas près de retrouver le sommeil ! Mais mieux valait ne pas évoquer l'image du capitaine.

— Un salaud, un sale type !

Elle serrait les poings. Mieux valait penser à Elicius. Ça lui faisait moins mal. Oublier les victimes, ce n'était pas si dur, finalement. De simples inconnus. Si elle avait croisé ces hommes et ces femmes, ils ne l'auraient même pas regardée, même pas remarquée. Si elle avait eu besoin d'eux, ils ne l'auraient pas aidée. Ils appartenaient au lot commun. Pire, ils avaient sans doute fait du mal pour attirer la foudre de Jupiter sur leurs têtes. Certes, Elicius ne connaissait pas le pardon. Mais on pardonne souvent trop, par peur, par lâcheté.

Oui, il devait être d'une intelligence exceptionnelle. Un surdoué blessé par la vie. Comme elle. À l'école, elle était la meilleure. Pendant des années, elle avait survolé les programmes, décroché les meilleures notes.

Sans vraiment le vouloir. Parce que cela semblait simple, bien en dessous de ses possibilités. Mais il y avait un prix à payer, une terrible rançon. Une différence qui lui avait coûté cher. Une tête de première de la classe devient vite une tête de Turc. Elle s'était repliée sur elle-même, n'ayant pas su fabriquer son armure.

— J'en ai pris plein la gueule !

Ouais, plein la gueule. Elle crispa à nouveau les poings. Ouais, plein la gueule ! Au point de saboter son travail, de rater ses études. De gâcher ce formidable potentiel. Histoire de rentrer dans la norme. *Que pensez-vous de la cruauté humaine, Jeanne ? Elle ne connaît pas de limite, n'est-ce pas ?*

— Non, elle n'en connaît pas. Je suis d'accord avec vous, Elicius.

Michel. Le plus cruel de tous. Mais elle ne lui en voulait pas. Elle le regrettait simplement. Il lui manquait chaque jour un peu plus et le vide gagnait du terrain, inexorablement. Il l'avait abandonnée dans un monde sans amour mais elle ne pouvait le condamner.

— Tu aurais pu me dire que tu partais. Je serais partie avec toi, je crois…

— Arrête de dire des conneries, Jeanne ! Et arrête de penser à ce fou !

— Il n'est pas fou. Il souffre, comme moi…

— Et alors ? Toi, tu n'as tué personne ! Si tous ceux qui souffrent devaient assassiner leur prochain, y aurait plus grand monde sur cette planète !

— De toute façon, toi, tu ne comprendras jamais rien ! Tu es complètement bornée !

— Ah oui ? Heureusement que je suis là, tu veux dire ! Je me demande bien ce que tu ferais sans moi…

Jeanne tira les volets et les entrebâilla. Puis elle alla enfin s'allonger sur son lit. Les bras en croix, crucifiée sur le matelas.

— Pourquoi est-ce qu'il me dit dans sa lettre que les victimes m'avaient fait du mal ? Je ne comprends pas…

— Tu cherches à comprendre le raisonnement d'un fou, Jeanne ?

— Oui, j'essaie de le comprendre…

— Eh bien, arrête ! Il est fou, un point c'est tout ! Dénonce-le et après, tu verras, tu seras soulagée…

— Lâche-moi un peu avec ça, s'il te plaît ! Lâche-moi un peu…

— Tu veux que je te lâche ? Que je te laisse tomber ? Et qu'est-ce que tu ferais sans moi, hein ?

— Je partirai avec Elicius. Loin. Très loin…

***

Fabrice Esposito ne dormait pas, lui non plus. Cigarette après cigarette, café après café, il luttait contre la fatigue. Porté par la rage, la haine même. En le provoquant, le tueur avait franchi une nouvelle étape. *À la prochaine, capitaine Esposito.* Il fallait que la prochaine rencontre soit la dernière. Qu'il se retrouve face à lui, menottes aux poignets. Mais ils n'avançaient guère. Les membres de son équipe donnaient pourtant le meilleur d'eux-mêmes. Ils avaient passé des dizaines de coups de fil pour recueillir des témoignages. Ils avaient trouvé des gens qui connaissaient les victimes, qui les avaient croisées à l'ESCOM. Mais pour le moment, aucun indice susceptible de les conduire au meurtrier. Rien. Le vide, le flou, le néant. Ils avaient l'impression d'être aveugles, sourds et muets.

Le capitaine s'étira avant de rejoindre Lepage, qui mastiquait un jambon-beurre sous cellophane dans la pièce d'à côté. Le seul à avoir résisté : les autres avaient déserté les bureaux, cédant à l'épuisement.

— Tu veux un sandwich ?
— Non merci, répondit Esposito.
— Et une bière ?
— Ouais…

Il vint s'asseoir à côté du lieutenant et décapsula sa cannette

— Du nouveau ?
— Bof ! répondit Lepage. La seule info intéressante que j'ai pu avoir, c'est que toutes les victimes se connaissaient bien…
— Ah oui ?
— Ouais… D'après certains témoignages, c'étaient tous plus ou moins des potes… Mais ça commence à dater, cette histoire ! Les gens n'ont que de vagues souvenirs de cette période…
— Continue à chercher dans cette voie… Ça nous conforte dans l'idée que le meurtrier se venge de quelque chose… Quelque chose que ses proies lui ont fait subir à cette époque.
— C'est peut-être un type qui a raté ses études et qui ne l'a pas supporté !
— C'est un peu mince, comme mobile !

L'église la plus proche sonna les douze coups de minuit.

Là, quelque part dans l'immense cité, le tueur se préparait à frapper une septième fois. Impossible de croire qu'il allait s'arrêter maintenant. Le message était clair, prémonitoire, presque : *À la prochaine, capitaine Esposito*. Il n'avait pas fini son travail de destruction.

— Il faut trouver le mobile de ces crimes, murmura-t-il.

— Je sais ! rétorqua Lepage. Mais franchement, j'ai du mal à me glisser dans la peau de ce mec...

Esposito commença à arpenter le bureau.

— Essayons de réfléchir... Qu'est-ce qu'on fait à l'ESCOM ?

— On apprend à piétiner son prochain ! À le dévorer tout cru !

— Très drôle !

— Je plaisante pas ! Les élèves de cette école sont formés à devenir chefs d'entreprise ou à bosser dans la finance... Ils sont quasiment tous issus de milieux favorisés... Remarque, vu les tarifs pour s'inscrire, c'est pas étonnant !

— C'est si cher que ça ?

— J'aurais pas pu me le payer ! Disons qu'il faut compter onze mille euros par an... Sans compter les à-côtés...

— Effectivement, c'est pas donné !

— Le prix à payer pour transformer des fils-à-papa en requins-tueurs !

— Tu ne les aimes pas trop, on dirait... souligna le capitaine en souriant.

— Bof ! Moi, les bourgeois, c'est pas mon truc... Je viens d'une famille de prolos, tu sais !

— Et moi ? Tu crois que je viens d'où ? Mais la question n'est pas là... Il faut qu'on fasse le tour de tous les étudiants inscrits dans cette école en 1988. Je veux que tu me traces le parcours de chacun...

— C'est ce que je suis en train de faire, soupira Thierry. Mais faudra un peu de temps...
— Du temps, on n'en a pas. Alors, on prend chacun une partie de la liste et on oublie de dormir.
— OK, patron... C'est parti pour une nuit blanche ! Une de plus !

Chapitre treize

Jeanne se réveilla tôt ce samedi matin. Pourtant, elle n'avait pas de train à prendre, rien de particulier à faire. Si, sa première leçon de conduite, prévue à 10 heures. Elle avait enfin décidé de passer son permis, au grand dam de sa mère : *tu vas te tuer avec une voiture ! Tu es trop distraite pour conduire !* Pourquoi diable ne lui faisait-elle jamais confiance ?

Elle s'étira méthodiquement avant de se lever. Un poids sur les épaules, une gêne dans la poitrine. Depuis quand n'avait-elle pas eu le cœur léger ? L'esprit clair et insouciant ? Elle ne s'en souvenait plus. Était-ce cette première leçon qui l'angoissait ? Sans doute. Mais il n'y avait pas que cela.

Elicius. Ses meurtres, ses cauchemars, ses menaces.

Le visage du capitaine Esposito, aussi. Elle avait l'impression désagréable d'avoir les pieds dans la boue et la tête dans un sac. D'être sale, coupable. D'ailleurs, elle commença par une douche. Froide, parce qu'il faisait déjà chaud.

En quittant la salle de bains, elle tomba sur sa mère qui sortait du coma nocturne, plantée dans le couloir, l'air hagard. Le regard encore prisonnier des somnifères.

— Bonjour, maman…
— Bonjour, ma fille…
— Qu'est-ce que tu fais ?
— Rien, j'attendais que tu libères la place…

Jeanne retourna dans sa chambre, s'installa devant sa vieille coiffeuse pour se brosser les cheveux.

Peu après, elle entendit sa mère allumer la télévision. Déjà. Parfois, elle la laissait en marche toute la nuit et s'endormait devant. Croyante aux pieds d'une icône. Perfusion d'images.

Mais comment lui en vouloir ? Elle aussi, avait souffert. Depuis des années, elle ne sortait presque plus, cloîtrée chez elle, repliée dans son monde. Sur sa souffrance. Et sa télévision était une fenêtre sur l'extérieur, le seul lien avec cette réalité brutale.

Après tout, c'était mieux que de la voir tourner en rond. Ou s'acharner sur son chiffon à poussière pendant des heures, comme cela arrivait parfois. Un peu comme si elle essayait d'enlever la crasse incrustée dans sa vie, dans sa chair.

Une fois habillée, Jeanne ouvrit la fenêtre en grand et aéra la pièce avant de faire rapidement son lit.

Elle remarqua alors une enveloppe, posée sur sa table de chevet, entre son réveil et la photo de Michel. Son cœur s'arrêta de battre, tout comme ses paupières. Elle n'avait pas pu oublier une lettre d'Elicius à cet endroit ! Elle les cachait toujours dans le tiroir de son bureau.

Elle prit le papier d'une main tremblante et l'ouvrit. Mon Dieu !

C'était une nouvelle lettre ! Déposée là, cette nuit, pendant son sommeil !

Elle se laissa tomber sur le lit, terrifiée à l'idée qu'il était venu ici, dans sa chambre. Elle s'attendait à le voir sortir du placard et elle regarda même sous le lit. Rien, à part un troupeau de moutons. Il n'était plus là. Mais il avait été là, tout près d'elle.

Peut-être même l'avait-il touchée pendant qu'elle dormait, assommée de tranquillisants, comme sa mère.

Elle mit du temps avant de lire. Le temps que son cœur retrouve un rythme supportable. Que le flou disparaisse devant ses yeux.

« Samedi, le 6 juin.
Jeanne,
Je n'ai pas pu attendre lundi pour vous écrire. J'espère que vous me pardonnerez cette intrusion dans votre nuit. Je vous écris, alors que vous dormez, profondément. Sans doute avez-vous encore avalé des somnifères. Je sais que sans eux, vous ne pouvez trouver le sommeil. Je savais que je pouvais venir jusqu'ici sans vous réveiller. J'ai vu votre fenêtre ouverte et je n'ai pas su résister.

Votre visage endormi m'inspire tant de pensées. Vous êtes encore plus belle désarmée par le sommeil. Pourtant, je sens votre douleur. Là, dans vos cauchemars. Perceptible.

J'aimerais vous réveiller, vous parler. Enfin. Mais je n'ose pas. J'ai peur de votre réaction, Jeanne. Peur de vos yeux qui me reprochent, de votre regard qui me juge. Peur que vous regardiez un monstre.

Pourtant, je n'en suis pas un. Ces hommes et ces femmes nous ont fait du mal, Jeanne. Tellement de mal... Ils ont détruit nos vies. Ils les ont piétinées avec une repoussante lâcheté. Mais, bientôt, de nos ennemis communs, il ne restera rien. Et nous pourrons enfin oublier ce passé d'horreur. Oublier nos cauchemars et plonger dans des rêves délicieux. Vous voyez, Jeanne, le purgatoire n'est pas définitif.

Pendant de longues années, j'ai essayé d'oublier qu'ils existaient librement. Qu'ils vivaient, qu'ils riaient. Qu'ils étaient peut-être heureux, là, si près de nous. J'avais retrouvé ma liberté et je me suis efforcé d'effacer le passé.

Mais je n'y suis pas arrivé. Meurtri dans ma chair, tout comme vous, les blessures ne se refermaient pas. Parce qu'ils existaient librement. Parce qu'ils vivaient, qu'ils riaient. Qu'ils étaient peut-être heureux. J'ai compris que cette liberté n'était qu'une chimère. Que ma souffrance, comme la vôtre, m'enchaînait à jamais. Qu'elles n'auraient de fin qu'avec leur mort.

Alors, j'ai décidé d'agir, de faire cesser cette ignoble injustice. Je les ai retrouvés, un à un et je les ai fait payer. Mais ce sera bientôt terminé, Jeanne. Il n'en reste qu'un. Sept morts pour trois vies perdues. Le calcul peut paraître inégal. Injuste, même. D'ailleurs, au moment de mourir, certains m'ont demandé pardon. Mais le pardon, je ne le connais plus. Je l'ai oublié. Perdu dans les affres qu'engendre la douleur.

Je n'étais qu'un enfant timide et un peu naïf. Mais ils ont fait de moi une implacable machine. Ils ont détruit le petit garçon, le poète. Quand ils ont compris qu'il n'y avait pas de pardon, ils ont tenté de se défendre. De dire que ce n'était pas si grave. Trois vies gâchées. Quatre, devrais-je dire. Bien plus, même. Je leur ai fait revivre les tortures qu'ils avaient infligées, mais j'ai été moins cruel qu'eux : moi, je les ai tués.

Au moins, ils n'auront pas souffert aussi longtemps que nous.

Il me reste donc une parcelle d'humanité. Et vous en êtes la preuve. L'amour que j'ai pour vous ne peut émaner d'un monstre. Car enfin, un monstre n'est pas capable d'amour. Vous ne pourrez me contredire, je crois.

Je sais que vous me reprochez de semer la mort sur mon passage, Jeanne. Je sais qu'il vous reste de la peur lorsque vous pensez à moi. Mais vous êtes ce qu'il y a de plus précieux pour moi, le seul intérêt de ma triste vie. Si je ne vous aimais pas, je ne les aurais pas tués. Je ne me serais pas battu pour regagner ma liberté. Je me serais laisser aller à la mort, lente. J'aurais abandonné le combat.

Mais je veux me libérer pour vous. Gagner votre liberté et la mienne, même si c'est dans le sang. Parce que vous la méritez. Autant que moi.

J'espère que vous aurez la force de comprendre ce combat et que vous finirez par m'aimer. Pour ce que je suis, pour ce que j'ai fait. Et qu'ensemble, nous oublierons nos souffrances. Que nous profiterons de cette liberté nouvelle. Ensemble, Jeanne.

Je vous regarde dormir et je vois ce qu'ils ont fait de vous. Je vois le tube de comprimés près de la photo du jeune homme souriant. Celui qui vous cause tant de tourments.

Ne lui en voulez pas de vous avoir abandonnée, Jeanne. Il n'avait pas envie de vous faire du mal, je crois. Un jour, bientôt, vous comprendrez.

Je me suis permis d'effleurer votre visage. Votre peau est si douce, vos traits si délicats.

Je vous laisse, bien avant votre réveil.

Lundi, nous nous retrouverons dans le 17 h 36. Ce sera pour moi une joie. Pour vous aussi, je l'espère.

Elicius. »

La lettre toucha doucement le sol, comme un oiseau qui se pose. Sans heurt, tout en légèreté. Jeanne regardait le mur, droit devant elle. Les mains posées sur ses genoux, la bouche entrouverte.

Il était là, l'instant d'avant. Elle pouvait encore sentir sa présence, son parfum. Son cœur hésitait entre la peur et une sorte d'exaltation inconnue. *Je me suis permis d'effleurer votre visage. Votre peau est si douce, vos traits si délicats...*

Un rayon de soleil s'invita dans la chambre, porté par un souffle tiède et rafraîchissant. Un parfum d'été. Toujours le mur, droit devant. Et le visage de Michel, à côté des somnifères. Comme s'il n'était jamais parti.

Ne lui en voulez pas de vous avoir abandonnée, Jeanne. Il n'avait pas envie de vous faire du mal, je crois. Un jour, bientôt, vous comprendrez...

— Michel ? C'est toi ?

Elle entendait sa propre voix murmurer l'impossible. Une drôle d'impression. Comme si elle allait pleurer. Mais elle n'était encore et toujours qu'un lac asséché.

Mais, bientôt, de nos ennemis communs, il ne restera rien...

— Je ne les connais pas, murmura-t-elle. Je ne me souviens pas...

Vous voyez, Jeanne, le purgatoire n'est pas définitif...

— Je vais guérir, alors...

Un sourire, dans le rayon de soleil. Et les yeux qui se ferment sur le mur, l'esprit qui s'ouvre sur un monde inconnu.

— Je crois que je vous aime, Elicius…

Un moment de bonheur, fugace, presque imperceptible tellement il est bref.

Car déjà rejoint par la réalité.

— Tu n'es pas capable d'aimer, Jeanne ! À moins que tu ne puisses aimer qu'un fou…

***

Le capitaine Esposito retourna au commissariat vers 9 heures. Il était passé chez lui pour se doucher, se changer, se raser ; et dormir deux heures. Lepage n'était pas encore arrivé, sans doute en panne de réveil ; mais les autres lieutenants, fidèles au poste, saluèrent leur chef et Solenn lui offrit café et sourire enjôleur. Vraiment mignonne, cette fille. Avec ses grands yeux noisette, son teint clair et ses cheveux coupés court.

Esposito avala son jus, puis se rendit dans la pièce centrale et s'arrêta devant le grand tableau en liège où étaient épinglés les portraits des victimes. Épinglés pour qu'on ne les oublie pas.

— On fait le point ? proposa-t-il.

Ses adjoints se réunirent autour de lui et attendirent sagement les instructions.

Parmi eux, les deux hommes promis par le Pacha. Le brigadier Romain Pardiol, un vieux renard sorti tout droit d'un roman de Pagnol, avec son accent caricatural qui faisait chanter les mots les plus simples ; le deuxième, Sadok Saraoui, un jeune gardien de la paix issu des quartiers nord de Marseille. Deux renforts hétéroclites mais vraiment bienvenus.

— Bon, pour les nouveaux, je résume la situation, commença le capitaine. Nous avons un fou qui se balade à Marseille et qui a déjà tué six personnes : quatre femmes et deux hommes. Dans l'ordre chronologique : Sabine Vernont, trente-cinq ans, dirigeante d'un bureau d'études à Aix-en-Provence. Mariée, mère d'une petite fille. Tuée dans son appartement. Ensuite, Charlotte Ivaldi, trentre-trois ans, célibataire, sans enfant, employée de banque. Elle aussi, tuée dans son appartement à Marseille…

Il fit une pause, alluma une cigarette dans un silence religieux. Solenn alla discrètement ouvrir la fenêtre.

— La fumée vous dérange ?

— Non, patron. Mais je trouve qu'il fait un peu chaud…

— Bon, continuons… La troisième victime, elle aussi marseillaise ; Bénédicte Décugis, trente-quatre ans, divorcée, un enfant. Négociatrice dans une agence immobilière du deuxième arrondissement. Assassinée dans son appartement… La quatrième, Sandra de Villepainte, tuée à Paris, chez elle. Mariée depuis peu, trente-trois ans, avocate…

— C'est la seule qu'était pas d'ici ? s'enquit Pardiol.

— Elle vivait à Paris depuis six ans mais était originaire de Marseille, expliqua le capitaine. Elle a fait ses études de droit à Aix. Son nom de jeune fille, c'est Sandra Crespin. Ce quatrième meurtre remonte au jeudi 21 mai. À ce stade, nous pensions avoir affaire à un délinquant sexuel.

— Les filles, il les a… ? demanda Sadok avec un regard gêné.

— Non, aucune des victimes n'a été violée, répondit Esposito. Mais les filles étaient toutes partiellement dévêtues.

— Comment ont-elles été tuées ?

— Elles ont été ligotées, les mains derrière le dos, frappées avec divers objets, ceux qui lui tombaient sous la main. Elles ont également reçu des blessures à l'arme blanche. Ensuite, il les a forcées à se mettre à genoux face à un mur et il leur a tranché la gorge.

Le capitaine fit de nouveau une pause, éprouvé par ce récit morbide. Récit sur lequel il mettait des images, des visages.

— Dès le deuxième meurtre, nous avons fait appel à un « profiler » détaché de la gendarmerie. En étudiant les deux cas, il nous a décrit le tueur comme un malade sexuel, un impuissant, un psychopathe souffrant de grandes frustrations. Nous avons donc cru qu'il s'attaquerait toujours au même type de victimes. Mais la cinquième était un homme. Bertrand Pariglia, trente-cinq ans, marié. Dirigeant d'une société d'import-export. Assassiné à La Ciotat le dimanche 31 mai. Mêmes blessures, même mise en scène. Et puis... le sixième meurtre, hier matin...

— Le type retrouvé au milieu des voies ferrées ? questionna Pardiol.

— Oui, Marc de Mérangis. Il était à la tête de la filiale française d'une importante société d'agro-alimentaire américaine. C'est le seul dont le corps a été transporté hors de chez lui. Mais les blessures sont les mêmes.

— Vous avez oublié les brûlures, patron, souligna Solenn.

— Ah oui ! On a relevé sur tous les cadavres des traces de brûlures de cigarette, sur les bras et le dos.

— Eh bé, mon vieux ! lâcha le brigadier. C'est un véritable fada, ce type !

— Qui dit que c'est un mec ? demanda Sadok. Pourquoi ça serait pas une gonzesse ?

Solenn leva les yeux au ciel tandis que Pardiol esquissait un petit sourire moqueur.

— D'après le légiste, les coups ont été portés avec une force qui démontre que le meurtrier est un homme, expliqua Esposito. Et un gaucher. D'ailleurs, pour transporter Mérangis, il fallait être vachement baraqué ! La victime pesait tout de même soixante-quinze kilos !

— C'est sûr, dans ce cas... Mais pourquoi avoir mis le type sur les rails ?

— Nous n'en savons rien ! admit le capitaine.

— Et quelles pistes avons-nous ? s'informa Pardiol.

— Eh bien, nous savons que Vernont, Pariglia et Mérangis ont fait leurs études à l'ESCOM, une haute école de commerce de Marseille. Charlotte Ivaldi est la fille d'une des secrétaires de l'ESCOM. C'est, pour le moment, le seul lien entre ces victimes, mis à part l'âge.

— Et les deux autres ? lança Sadok. Quel rapport avec l'ESCOM ?

— C'est ce que nous devons trouver, précisa Esposito. Je suis persuadé que ces meurtres sont en relation avec cette école...

Il fut interrompu par l'arrivée de Lepage qui semblait sortir du lit : chemise et visage froissés, yeux gonflés de sommeil.

— J'suis à la bourre ! Désolé !

— T'as pas à t'excuser, répondit le capitaine. T'as pu dormir un peu ?

— Ouais, trois ou quatre heures...

Il s'installa à côté de ses collègues et Esposito poursuivit son exposé.

— Nous avons la liste des étudiants inscrits en 1988. Il faut tous les contacter, les interroger et vérifier leurs alibis au moment des assassinats. Thierry a commencé, mais il y a pas mal de boulot. Solenn et Pardiol, vous lui filez un coup de main. Les autres, vous me cherchez le rapport éventuel des deux autres victimes avec l'école. Ça m'étonnerait qu'on n'en trouve pas. Moi, je vais faire un tour à l'ESCOM pour rencontrer le directeur. Vous avez des questions ?

— Tu penses à une vengeance ? s'enquit Pardiol.

— C'est une des hypothèses, confirma le capitaine. Et je crois que le nom du meurtrier se trouve parmi les étudiants de 1988. Mais ce n'est pas la seule théorie possible. Tous ces gens avaient peut-être un autre lien. Peut-être faisaient-ils partie d'un groupe d'amis et se voyaient-ils en dehors de l'ESCOM... Quoi qu'il en soit, l'hypothèse d'une vengeance reste la plus crédible. Les victimes ont certainement fait du mal à notre assassin ou à l'un de ses proches. Et je compte sur vous pour me trouver des éléments avant qu'il n'y ait un septième macchabée...

Chapitre quatorze

L'ESCOM était située dans un quartier chic de Marseille, confortablement installée dans des bâtiments anciens mais rénovés avec goût. Un parc magnifique, un internat, des salles de classe, des amphithéâtres, une cafétéria. Et le bureau du directeur, somptueux.

Esposito fut invité à s'asseoir par M. Grangier qui arborait un sourire crispé face à l'irruption inhabituelle de la police en ces lieux.

— Que puis-je faire pour vous, capitaine... Capitaine... ?

— Esposito. Capitaine Esposito, Police judiciaire. J'ai besoin de quelques informations sur votre établissement.

— Vous avez envie de vous y inscrire ? Vous voulez changer de métier ?

Esposito se mordit les lèvres pour ne pas devenir agressif. Ce type était vraiment un sale con. Ça se lisait sur son visage, son air supérieur, suffisant, sa façon de vous toiser. Ce petit sourire narquois. Méprisant, même.

— Non. Mon boulot me convient très bien et le commerce ne m'intéresse pas. Je mène actuellement une enquête et j'ai besoin de renseignements.

— Une enquête sur quoi ?
— Si vous le permettez, c'est moi qui pose les questions.
Le directeur afficha son agacement et appuya les coudes sur son bureau.
— Je vous écoute...
— Nous vous avons demandé la liste des étudiants de 88...
— Je sais. Et nous vous l'avons transmise. Mais qu'est-ce que vous cherchez au juste, dans cette liste ?
— Nous devons en contacter tous les étudiants... Dites-moi, monsieur Grangier, combien d'élèves s'inscrivent ici chaque année ?
— Environ deux cents...
— Deux cents ?
— Oui. Il y a beaucoup de sections, certaines réservées aux étudiants sortis de fac, d'autres aux élèves ayant décroché leur baccalauréat. Avec mention, bien entendu.
— Bien entendu... Vous êtes directeur de cette école depuis combien de temps ?
— Depuis sa création, annonça Grangier avec fierté. Vingt et un ans ! L'ESCOM a ouvert ses portes en 1982.
— Comment se fait la sélection des élèves ?
— Sur dossier et sur concours.
— Et, en 1988, s'est-il passé quelque chose de particulier, dans la promotion ?
— En 1988 ? Ça remonte à quinze ans, capitaine !
— Je sais. Mais fouillez votre mémoire, je vous prie...
— Je n'ai aucun souvenir particulier de cette année-là...

Esposito se leva, fit quelques pas et se plaça dos au directeur.

— Vous n'avez rien remarqué, ces derniers temps ?
— Que voulez-vous dire ?
— Sabine Vernont ? Ça vous dit quelque chose ? Et Bertrand Pariglia ? Et Marc de Mérangis ?

Esposito tourna la tête. Grangier avait changé de mine. Soudain moins à l'aise. Perturbé. Même son bronzage parfait avait pâli.

— Alors, monsieur Grangier ? Ces noms ne vous disent vraiment rien du tout ?
— Si… Ce sont d'anciens élèves de l'ESCOM…
— Vous savez ce qui leur est arrivé ?
— Oui… Je l'ai appris par les journaux.
— Et cela ne vous a pas interpellé ?
— Bien sûr que si !
— Alors pourquoi n'êtes-vous pas venu nous en parler ?
— Eh bien… Eh bien, j'ai cru à une horrible coïncidence, d'abord. Lorsque Sabine a été tuée, j'ai été très peiné. C'était une brillante étudiante. Une fille formidable…
— Douée ?
— Oh oui ! répondit-il avec un sourire triste. Vraiment exceptionnelle. Elle a d'ailleurs décroché son diplôme avec une mention très bien… Ensuite, il y a eu Charlotte. J'ai simplement pensé que le sort s'acharnait sur les anciennes de l'ESCOM… D'ailleurs, la troisième victime n'était pas une ancienne élève. La suivante non plus… J'en suis donc arrivé à la conclusion qu'il s'agissait bel et bien d'une coïncidence…
— Seulement voilà : la cinquième victime, Bertrand Pariglia était un ancien de l'ESCOM…

— Je sais. Mais, juste après, vous avez demandé la liste des élèves, j'en ai déduit que vous aviez fait le lien entre ces jeunes gens...

— Certes. Mais vous auriez pu nous contacter, monsieur Grangier.

— J'ai songé à le faire. Mais je ne voulais surtout pas que les étudiants soient au courant de cette regrettable affaire... Cela pouvait les déstabiliser, juste avant les examens de fin d'année...

— Avez-vous une idée sur les mobiles de ces différents meurtres ?

— Non, capitaine. Je ne comprends pas pourquoi ce malade s'en prend à eux... Tout de même, deux victimes n'appartenaient pas à notre école... Sans compter Charlotte Ivaldi, qui n'était pas vraiment une ancienne élève. Je pense toujours qu'il s'agit d'un terrible hasard...

— Un terrible hasard ? répéta Esposito. Vous plaisantez ! Le tueur choisit ses victimes et, visiblement, cette école a un rapport avec ces crimes !

— Je vous interdis de colporter ce genre de ragots ! s'emporta soudain Grangier.

Le capitaine resta médusé un instant.

— Vous vous rendez compte du tort que vous pourriez causer à mon établissement ? Il ne s'agit pas d'un vulgaire lycée ou d'une fac ! Il s'agit d'une école supérieure de commerce, monsieur !

— Calmez-vous, monsieur Grangier. Je vous rappelle que mon enquête a un caractère confidentiel ! D'ailleurs, vous avez de la chance que les journaleux n'aient pas encore fait le rapprochement ! Vous imaginez les gros titres ? « Hécatombe chez les anciens de l'ESCOM » ! Ceci dit, je ne sais pas combien de temps encore ils vont l'ignorer...

— Ce serait une catastrophe ! gémit le directeur. Une véritable catastrophe...

De plus en plus pâle, le dirlo !

— Je dois arrêter ce meurtrier avant qu'il ne continue à décimer vos anciens élèves !

— Et qu'est-ce que vous attendez ? rugit Grangier.

— Que vous m'aidiez ! Vous avez bien une petite idée, non ?

— Pas la moindre, capitaine ! Je ne suis pas flic, moi !

Il avait une drôle de façon de dire flic. Un peu comme s'il balançait une insulte, un gros mot.

— Un de vos anciens élèves pourrait-il avoir des motifs de vengeance ?

— Un ancien ? Se venger ? Mais de quoi ?

— Vous ne m'êtes pas d'un grand secours, monsieur Grangier ! Réfléchissez un peu ! J'ai entendu parler de compétition féroce entre les élèves...

— C'est une école de commerce et de management, ici ! s'indigna Grangier. Bien sûr nous inculquons à nos étudiants la force de se battre ! La force de gagner ! Nous en faisons de bons managers, de bons dirigeants ! Pas des mauviettes !

Esposito le considéra avec un sourire en coin.

— Et cet esprit de compétition ne peut-il pas engendrer un esprit de vengeance ?

— Mais ça n'a aucun rapport, capitaine ! Ce tueur est un fou, un lâche ! Certainement pas un de nos anciens étudiants ! Peut-être a-t-il quelque chose contre les gagnants, les battants ! C'est probablement un raté, un exclu de la société qui se venge, oui ! Mais de la réussite de nos élèves ! C'est de la jalousie, de l'amertume !

Esposito comprit qu'il perdait son temps. Il avait espéré des réponses, il ne trouverait rien ici. Rien, à part un sale type, le cul vissé sur sa prestigieuse école. À moins que... À moins qu'il ne sache quelque chose sans vouloir le dévoiler...

— Monsieur Grangier, pouvez-vous me donner votre emploi du temps au moment des différents meurtres ?

— Hein ? Mais vous plaisantez, j'espère !

— Ai-je l'air de plaisanter ?

— Mais... Vous n'allez tout de même pas insinuer que...

— Je n'insinue rien du tout, monsieur Grangier. Je vous pose simplement une question qui, logiquement, ne devrait pas vous mettre mal à l'aise...

— Elle ne me met pas mal à l'aise du tout, capitaine ! s'offusqua le directeur en bondissant de sa chaise. Mais alors, pas du tout !

— Parfait... Je vous écoute, dans ce cas...

— C'est que... je n'ai pas en tête les dates et les heures des crimes...

Esposito sortit une feuille de la poche de son jean et la tendit à Grangier.

— Tout est noté là. Vous n'avez qu'à fouiller votre mémoire ou consulter votre agenda ! Je vous attends en début d'après-midi à mon bureau. Vous me donnerez vos alibis et signerez votre déposition.

— En début d'après-midi, j'ai prévu de...

— En début d'après-midi, vous serez dans mon bureau, monsieur Grangier.

Et le capitaine se dirigea vers la porte, au grand soulagement du directeur.

— Ah ! lança Esposito en se retournant. Une dernière question, monsieur Grangier. Où habitez-vous ?

— À Istres.

— Istres ? Et vous faites l'aller-retour chaque jour ?

— Oui. Je prends le train... Le TER Marseille-Miramas, la ligne de la Côte Bleue...

— Ah... La ligne de la Côte Bleue...

Celle où Marc de Mérangis avait terminé son existence. Curieux. Esposito mit enfin la main sur la poignée de la porte et Grangier se força à le raccompagner.

— À propos, la fille d'un couple d'amis étudie ici depuis la rentrée... Sandra Gimenez. Vous la connaissez ?

— Vous savez, je ne connais pas tous mes élèves ! Surtout les premières années !

— Bon, tant pis...

— Mais je peux consulter son dossier, si vous le désirez...

— Non, ce n'est pas la peine. À tout à l'heure, monsieur Grangier.

Il disparut et le directeur se laissa à nouveau tomber sur son fauteuil de ministre.

— Sale petit con de flic ! murmura-t-il. Tu vas voir à qui tu as affaire...

Dehors, Esposito traversait la cour, en pleine pause de 11 heures. Une multitude d'étudiants se délassaient dans une atmosphère encore supportable, riaient, fumaient, parlaient fort...

Esposito croisa un groupe de jeunes filles qui se retournèrent sur son passage. Elles lui souriaient, elles le dévoraient même des yeux. Alors, il accéléra le pas, un peu gêné.

***

Le soleil tapait fort, cet après-midi. Si fort que Jeanne s'était assise à l'ombre de l'abri de quai. La gare d'Istres n'était pas très animée, les gens bronzaient sans doute à la plage par cette chaleur. Mais Jeanne la solitaire était venue ici, sans trop savoir pourquoi. Pour regarder partir les trains, respirer leur odeur si particulière, écouter le bruit de leur union avec les rails dilatés par les températures caniculaires...

Elle s'habituait doucement à ses verres de contact, à y voir mieux. À ne plus cacher ses prunelles derrière des lunettes austères, à les montrer en plein jour. Elle avait franchi le pas, ce matin. Juste après la séance de conduite. Et elle avait remarqué que, depuis, des passants, des hommes, l'avaient dévisagée. Lui avaient souri. Après le déjeuner en tête à tête avec sa mère, elle s'était fait jolie pour sortir ; une petite robe blanche, un léger maquillage sur les yeux, ses longs cheveux remontés en chignon car il faisait bien trop chaud pour les supporter dans la nuque.

Elle avait quitté la maison prétextant quelques courses. Sortir pour tester son nouveau charme, son nouveau visage. Sortir pour ne plus entendre la télévision. Pour ne plus voir sa mère boulonnée devant...

Elle s'était d'abord rendue à la chapelle Saint-Sulpice pour tenter de soulager sa conscience. Mais, face au Créateur, elle n'avait pu avouer ses crimes. Plus tard, peut-être...

Alors, elle était descendue jusqu'au petit port des Heures Claires et avait flâné un moment sur ses pontons, essayant de noyer dans les eaux profondes de l'étang de Berre ce qu'elle n'avait pu laisser aux pieds de Dieu…

Sur le chemin du retour, elle s'était arrêtée à la gare. Parce qu'elle n'était pas pressée de retrouver la maison et ses souvenirs, toujours cruels. Peut-être, aussi, pour croiser le spectre d'Elicius…

Il n'était pas là, sans doute. Mais elle pouvait presque sentir sa présence, sa souffrance. Elle aurait aimé comprendre cette barbarie dont il était capable. *Ces hommes et ces femmes nous ont fait du mal, Jeanne…* Pourquoi est-ce que je ne m'en souviens pas ? Comment ai-je pu oublier ? Je ne comprends rien, Elicius. Je crois que vous vous méprenez. Que vous faites erreur. Je crois que vous êtes fou, Elicius… Enfin ! Tu t'en rends compte ! C'est pas trop tôt ! Bien sûr qu'il est fou ! Sa place est à l'asile ou en prison. Et toi, tu pourrais l'y envoyer si tu n'étais pas si lâche… Ce n'est pas de la lâcheté ! Il a confiance en moi ! Il… et puis, il me tuera si je parle. Et que deviendra maman, hein ? Que fera-t-elle sans moi ? Si tu parles, ils le mettront en prison et tu n'auras plus rien à craindre, Jeanne ! Réfléchis donc un peu…

Un train aborda le quai, couvrant de manière providentielle le son de cette voix. Le son de la raison. Jeanne aurait aimé grimper dedans et laisser l'autre ici. Seule face à ses reproches, face à sa morale toujours parfaite. Mais pour lui échapper, il ne fallait pas se jeter dans le train : il fallait se jeter sous le train. Elle y avait pensé, parfois. Pour oublier tout ce qui fait mal. Mais elle n'avait jamais trouvé assez de courage ou assez de lâcheté pour le faire. Et, malgré tout, elle se sentirait perdue sans l'autre. Sans cette ombre qu'elle avait créée au sein d'elle-même, ce garde-fou qui l'empêchait de plonger de l'autre côté. Là où la raison n'existe plus.

Le train repartit. Jeanne le suivit du regard. Je ne connais pas ces gens, je n'ai rien à leur reprocher. Je n'ai pas pu les oublier s'ils m'ont fait du mal. C'est vrai que j'oublie beaucoup de choses mais pas le mal qu'on m'a fait. *Ne lui en voulez pas de vous avoir abandonnée, Jeanne. Il n'avait pas envie de vous faire du mal, je crois. Un jour, bientôt, vous comprendrez...* Elle ferma les yeux et bascula la tête en arrière. Comment pouvait-il dire cela ? Comment pouvait-il savoir ?

— C'est peut-être Michel qui est revenu, murmura-t-elle d'une voix à peine audible.

— Arrête tes conneries, Jeanne ! Tu sais très bien qu'il ne reviendra jamais.

— Mais la lettre, ces mots...

— Les mots d'un fou, Jeanne ! Il t'espionne jusque dans ta chambre ! Il a peut-être lu ton journal intime !

Jeanne rouvrit les yeux, effrayée. Non, il n'avait pas pu faire une chose aussi ignoble !

Tournant la tête, elle s'aperçut qu'un homme la fixait, à quelques dizaines de mètres, debout sur le quai. L'observait-il parce qu'elle était jolie ? Ou parce qu'elle parlait seule ? Quoi qu'il en soit, elle continua sa conversation en silence. Lançant de temps en temps des coups d'œil à l'inconnu. Il avait une allure jeune, une silhouette agréable, mais elle ne pouvait voir son visage.

Qu'est-ce que je disais, déjà ? Mais ce fut l'autre qui revint en premier à la charge. T'es de plus en plus cinglée, Jeanne ! Comment peux-tu imaginer que Michel est revenu ? Tu perds complètement la tête ! Elle ne répondit pas. L'autre avait raison, c'était impossible. Seulement dans ses rêves.

Elle regarda sur sa gauche. L'homme avait disparu, comme volatilisé. Pourtant, aucun train n'était passé.

***

— Fabrice ! Quelle surprise ! Entre...

Le capitaine embrassa Marie Gimenez et pénétra dans la maison à la fraîcheur bienfaisante. Une belle villa provençale sur les hauteurs d'Aubagne.

— Qu'est-ce que tu fais là ? Paul ne m'a pas prévenue de ta visite !

— Normal ! Ce n'était pas prévu...

— Tu veux boire quelque chose ? C'est l'heure de l'apéro, qu'est-ce que tu dirais d'un pastis bien frais ?

— Non, je te remercie, je suis en service. Donne-moi un verre d'eau...

— En service ? Un samedi après-midi ?

— Oui.

— Ah... Tu es chargé de ces meurtres, n'est-ce pas ?

— Oui. Et je bosse jour et nuit.

— Assieds-toi et raconte-moi.

— Si tu veux bien, je préfère ne rien dire sur cette affaire pour l'instant.

— Comme tu voudras. Je comprends...

Elle disparut dans la cuisine et lui ramena un verre d'eau avec des glaçons.

— Merci.

— Qu'est-ce qui t'amène ? Tu voulais parler à Paul ?

— Non, je voudrais voir Sandra.

— Sandra ? Mais pourquoi ? Qu'est-ce qui se passe ?

— Ne t'inquiète pas... C'est juste que j'aimerais qu'elle me parle de l'ESCOM...

La mine de Marie s'était soudain assombrie.

— Sandra n'est pas là. Elle se repose chez sa tante, en Auvergne.

— Et les examens ? Ce n'est pas bientôt ?

— Si. La semaine prochaine... Elle n'ira pas.

— Mais pourquoi ?

— Elle... Elle a abandonné en cours d'année...

— Merde ! Comment ça se fait ?

— Je n'en sais rien. À vrai dire, elle n'a pas supporté la pression. Trop de travail, trop de difficultés...

— C'est pourtant une bonne élève, se remémora Esposito.

— Oui, mais elle n'est plus la même depuis qu'elle est passée dans cette école.

— Quand a-t-elle abandonné ?

— En décembre. Au début du mois de décembre. Paul et moi avons tout essayé pour la faire changer d'avis mais elle n'a rien voulu savoir. Depuis, elle passe des heures enfermée dans sa chambre. Elle ne sort plus, elle ne mange presque plus... Cet échec l'a complètement transformée. Je ne la reconnais plus. Elle, si pétillante, si vive, si souriante. Pleine d'entrain, de gaieté, d'ambition...

— Comment explique-t-elle cela ?

— Elle ne parle presque plus, tu sais...

— Et... vous avez demandé des comptes à l'école ? Vous avez cherché à connaître les motifs de sa démission ?

— Bien sûr ! Le directeur a simplement dit qu'elle n'avait ni les qualités ni la force nécessaires pour tenir le rythme imposé par ces études... Qu'il fallait un caractère très dur pour y arriver, une ténacité hors du commun.

Marie se leva, prit un paquet de cigarettes sur la grande enfilade en noyer.

— T'en veux une ?
— Je veux bien, merci, répondit-il.

Un silence s'installa autour des volutes de fumée blanche et gracile.

Fabrice tourna la tête vers la photo de Sandra qui trônait sur la télévision. Une jeune fille superbe, épanouie.

— Que va-t-elle faire à la rentrée prochaine ?
— Aucune idée. Elle refuse d'y penser.
— Vraiment ? Mais…
— Tu sais, il a fallu l'envoyer chez un psy et…

Marie se mit soudain à pleurer. Le capitaine resta sidéré face à ces larmes. Il voulait comprendre. Tant de détresse… Mais il était brusquement mal à l'aise.

— Je ne t'ai pas tout dit, Fabrice… Elle… Je t'ai menti…

Esposito écrasa sa cigarette dans le cendrier. Il ne voulait pas la brusquer. Attendre les confessions. Patiemment.

— Au mois de décembre, nous avons découvert qu'elle se droguait.
— Quoi ?
— On lui avait loué un studio à Marseille, histoire qu'elle ne fasse pas les allers-retours chaque jour… Un soir, nous avons débarqué à l'improviste chez elle et… nous l'avons trouvée dans un état second. On a tout de suite compris qu'elle se droguait. Elle nous a d'ailleurs tout avoué. Elle prenait de la cocaïne… Et d'autres choses aussi.

— Tu en as parlé à Grangier ?
— Oui. Il m'a affirmé que ce genre d'actes n'avait pas lieu à l'ESCOM. Que Sandra avait certainement eu recours à ces stupéfiants pour tenir le choc. Et que c'était inadmissible... Nous l'avons gardée ici quelques jours mais... après les vacances de Noël, elle n'a pas voulu y retourner. Elle était devenue si renfermée, si odieuse, parfois. Nous avons insisté et... et...

De nouvelles larmes, à peine contenues. Des sanglots déchirants. Esposito s'approcha, prit la main de Marie dans la sienne. Pour lui donner le courage de continuer son terrible récit.

— Que s'est-il passé ensuite ?
— Elle a fait une TS[1]...
— Merde...
— Mais elle s'en est bien sortie. Alors, Paul et moi avons réalisé qu'il ne fallait pas la forcer à reprendre ses cours... Elle a vu un psy pendant un moment et, le mois dernier, nous l'avons envoyée chez ma sœur qui habite en Auvergne. Le médecin nous l'a conseillé...

— Je suis désolé, Marie. J'ignorais tout ça... Vous auriez dû m'en parler... Elle vous a donné une explication ?

— Non, aucune. Jamais. Elle n'en a jamais reparlé. Je pense que l'échec et peut-être la drogue, l'ont conduite à cette extrémité... Mais pourquoi t'intéresses-tu tant à cette école ?

— C'est pour l'une de mes enquêtes... Mais je ne peux rien dire pour le moment... Il faut que je retourne au commissariat...

---

1. TS : tentative de suicide

Ils se levèrent et Marie le raccompagna jusqu'à la porte.

— Je vous appellerai pour prendre des nouvelles, dit Fabrice d'un ton attristé.

— Merci… Ça m'a fait plaisir de te voir.

— Moi aussi. Bon courage, Marie. Embrasse Paul pour moi.

— Je n'y manquerai pas.

— Et… Sandra rentre quand ?

— Normalement, Paul doit aller la chercher demain. Si elle veut bien revenir à la maison, bien entendu… Je ne te dis pas comme j'ai peur de sa réaction !

— J'aimerais la rencontrer la semaine prochaine. Qu'en penses-tu ?

— Je ne suis pas sûre que ce soit une bonne idée, Fabrice. Elle est tellement imprévisible… Je crois qu'il ne faut pas rouvrir la plaie… Ne pas lui reparler de cette école… On ne sait jamais… Elle est bien trop fragile, encore.

— Tu as sans doute raison. Excuse-moi.

Marie lui pardonna d'un regard et Esposito regagna sa voiture, garée à l'ombre d'un énorme pin parasol.

Il mit la climatisation à fond avant de repartir par la petite route sinueuse qui descendait vers l'agglomération. Ce n'est pas une école, c'est une entreprise de démolition ! Oui, c'est ça : un rouleau compresseur qui écrase la moindre faiblesse. Une sorte de temple de la sélection naturelle, en somme.

Chapitre quinze

Tout le monde espérait que la canicule qui s'était abattue sur le sud du pays ne s'éterniserait pas. Quarante degrés à l'ombre dès midi. Des nuits étouffantes... Le secrétariat était une fournaise, une serre où quatre plantes luttaient pour survivre.

Jeanne se rendit dans le couloir pour chercher un verre d'eau fraîche à la fontaine. À peine 10 h 30, mais la température flirtait déjà avec les 35 degrés.

Le capitaine Esposito n'était pas venu saluer les secrétaires. D'ailleurs, il ne venait plus depuis longtemps. Depuis qu'il avait offert un café à Jeanne. Ce jour qu'elle avait cru être le début de quelque chose... Cruelle méprise !

Les filles du service avaient évidemment enregistré ce changement de comportement : « Il ne vient plus nous dire bonjour, il s'enferme directement dans son bureau parce qu'il en mène pas large ! »

Malgré le ressentiment qu'elle éprouvait envers le capitaine, Jeanne ne pouvait se rallier à ce jugement. Elle imaginait la détresse de cet homme et savait qu'il ne trouverait pas Elicius. Il était condamné à l'échec, cela lui coûterait sans doute sa carrière. Et elle n'était pas étrangère à cette injustice…

Elle avala un premier gobelet d'eau, s'en servait un deuxième lorsqu'elle entendit des voix.

En se retournant, elle aperçut Esposito et Lepage qui s'avançaient vers elle.

Et merde ! Manquait plus qu'eux ! Trop tard pour fuir. Avoir l'air décontracté, feindre l'indifférence.

— Bonjour, Jeanne !

Tiens, il se souvient de mon prénom, ce salaud ?

— Bonjour, capitaine Esposito.

Il lui adressa un sourire un peu timoré qu'elle ne put s'empêcher de trouver très séduisant. Allait-il s'apercevoir qu'elle ne portait plus ses lunettes ? Non, bien sûr ! Les filles l'avaient remarqué, elles. Normal, elles la voyaient cinq jours par semaine. « Ça te va très bien Jeanne ! Tes yeux sont magnifiques ! »

Mes yeux sont toujours les mêmes. C'est vous qui êtes myopes, ma parole !

— Tiens, vous ne portez pas vos lunettes ?

Il a remarqué ! Bon sang, il a remarqué !

Je préfère ne plus voir la réalité, répondit-elle. Elle est trop moche !

Il esquissa un deuxième sourire tandis que Lepage repartait vers le bureau. D'où j'ai sorti cette repartie ? Qu'est-ce qui m'arrive ?

— Et comment en fait-on abstraction, si l'on ne porte pas de lunettes ? demanda le capitaine en se servant un café.

— On ferme les yeux…

— Évidemment !

— Ou alors, je vous prête mes anciennes lunettes ! Comme ça, vous n'y verrez plus rien du tout !

Cette fois, il se mit à rire. Même son rire était beau. Doux à l'oreille. Et puis, ses dents si blanches, si bien alignées... Faut pas que je rêve ! Il n'est pas pour moi. Il n'en a rien à foutre de moi ! Il a juste besoin de parler un peu.

— Vous avez mis des verres de contact ?
— Oui. Vous êtes très perspicace, capitaine !
— Je ne sais pas. Paraît que non...

Il avait soudain l'air si malheureux qu'elle se sentit terriblement coupable. Envie de tout lui dire. Envie de l'aider. Mais je ne peux pas : question de vie ou de mort. Elicius ne pardonne jamais.

— Vous savez, murmura-t-elle, moi, je ne vous jugerai pas. Je ne me le permettrais pas. Ceux qui le font n'ont qu'à mener l'enquête à votre place.

Il la remercia d'un regard. Mais il semblait toujours aussi accablé.

— C'est sympa, mais c'est mon boulot. On m'a confié cette enquête et j'ai échoué.
— Vous vous avouez vaincu ? s'étonna Jeanne.
— Non. Mais quoi qu'il en soit, même si je l'arrête demain, six meurtres, c'est forcément un échec.
— Je comprends.

Ce qu'elle ne comprenait pas, c'était ce qu'elle faisait là, dans ce couloir, en train de parler à ce type. Ce sale type. Aujourd'hui, elle existait à ses yeux. Mais demain ?

Pourtant, elle se réjouissait de sa présence. Elle arrivait à faire des phrases normales, sans bégayer, sans rougir. À parler sereinement, presque. Tout juste un tremblement dans la voix, à peine perceptible.

Il alluma une cigarette et elle ne bougea pas. Elle aurait pu prétexter du travail pour rejoindre son bureau mais elle avait envie de rester avec lui. Les affronts peuvent-ils donc s'oublier si vite ?

— En tout cas, c'est gentil de me parler, reprit-il avec un sourire triste. C'est plutôt mal vu, ces derniers temps... Je suis un peu le paria de cette taule !

— C'est l'occasion de compter vos amis. Les vrais. Les gens en qui vous pouvez avoir confiance. Les autres sont sans importance.

Alors là ! Est-ce vraiment moi qui parle ?

Elle leva la tête vers lui et tomba sur un regard appuyé. Il la regardait, vraiment. Et il y avait tant de choses dans ses yeux. Bien plus que des mots.

Elle se sentit terriblement mal à l'aise. Finies, les belles phrases ; son assurance venait de s'envoler. Elle redevenait Jeanne, cette jeune femme réservée, maladroite et impressionnable. C'était toujours ainsi quand elle se mettait à exister pour l'autre.

Esposito, toujours silencieux, la dévisageait sans relâche. Visiblement troublé, fortement ému. Quelques secondes qui échappent au temps et à la réalité. Tout s'arrête, tout semble possible. Sensation éphémère.

Car déjà, il avait lâché prise. Et Jeanne eut l'impression de tomber. Comme s'il venait de lui lâcher la main alors qu'elle était suspendue au-dessus du vide.

— Il faut que je retourne bosser, soupira-t-il. Ça m'a fait plaisir de vous croiser, de vous parler...

— Je... Moi aussi, j'ai du travail. Par-dessus la tête !

Pourquoi ne pas plutôt lui dire, moi aussi, ça m'a fait plaisir ?

Ils se séparèrent doucement, chacun repartant de son côté du couloir. Moins seuls que l'instant d'avant.

Le cœur de Jeanne battait un peu trop fort. Comme le jour où il l'avait invitée à boire un café. Le jour où il avait enfin fait attention à elle.

Elle retourna s'asseoir face à son écran, une étrange gaieté sur les lèvres. Pourquoi cet homme la mettait-il dans un état pareil ? Qu'avait-il de plus que les autres ? Tant de choses, à vrai dire. Des yeux francs et doux, un sourire tendre, un visage bien sculpté, une jolie voix.

Tandis qu'elle entrait des feuilles de congé dans la base de données, Jeanne se laissait aller doucement à ses pensées. Pensées qui glissèrent naturellement vers Elicius.

Cette nuit, elle avait fermé les volets de sa chambre, malgré la chaleur. Sans doute l'avait-il vu. Sans doute le prendrait-il mal. Mais elle n'aurait pas pu trouver le sommeil autrement. Pourtant, l'idée qu'il soit près d'elle ne lui était pas vraiment désagréable. C'était même plutôt l'inverse. Cela lui avait procuré une excitation inconnue, comme la réalisation d'un fantasme. Il émanait un pouvoir étrange de cet homme. Il lui semblait si fort, si déterminé. Il avait pris sur elle un dangereux ascendant. Parce qu'il fallait bien l'admettre : c'était pour lui, à cause de lui, qu'elle avait changé. Qu'elle variait sa coiffure, avait ôté ses lunettes de vue. Qu'elle avait osé mettre une robe pour venir travailler. Un exploit ! Elle arrivait même à parler sans bégayer. À cause de lui ou grâce à lui ?

Jusqu'où vas-tu aller, Jeanne ? Tu veux faire ta vie avec un fou, un criminel qui a six morts sur la conscience ? C'est ça que tu veux ? Jeanne ferma les yeux. Faire ma vie ? Mais de quoi tu parles ? Je n'ai pas choisi qu'Elicius me contacte. Je ne lui ai pas demandé de s'intéresser à moi, je te signale !... Ah oui ? Mais il t'a peut-être remarquée parce que les fous attirent les fous ! Ils doivent se reconnaître entre eux !

Elle rouvrit les yeux, blessée par les paroles de l'autre. Il m'a remarquée parce que je suis jolie, parce que je ne suis pas comme les autres !

Elle revoyait les mots, ceux qui avaient si bien su la toucher. Puis le visage d'Esposito s'imposa de nouveau.

Difficile de se concentrer dans ces conditions. Difficile de choisir ce qui était bien et ce qui était mal. Comme si la frontière entre ces deux extrêmes n'existait plus. Mais des frontières, elle en avait déjà passées beaucoup. Depuis longtemps, elle ne vivait pas dans le même monde que les autres. Depuis que Michel était parti. Ou, peut-être, depuis plus longtemps encore.

Il fallait juste choisir son camp, à présent. Un choix qui l'effrayait chaque jour un peu plus. Sombrer totalement dans cette douce folie, rejoindre Elicius. Lui pardonner l'impardonnable.

Ou le dénoncer, le condamner, signer son arrêt de mort.

C'était elle, soudain, qui se retrouvait avec un étrange pouvoir entre les mains. Mais non, elle n'était pas assez forte pour choisir.

Si Elicius venait la chercher, elle le suivrait. N'importe où.

***

Le train quitta le tunnel des Pierres-Tombées pour s'engouffrer bientôt dans celui des Glaïeux. Des moments de fraîcheur fort agréables que les passagers savouraient pleinement.

Jeanne tenait l'enveloppe entre ses mains ; elle ne l'avait pas encore ouverte. Peur de se brûler les yeux, peut-être. Comme sur ces roches blanches de calcaire illuminées de soleil, éclatantes. Ou peur de tomber définitivement amoureuse d'un monstre. Elle décida d'attendre encore un peu. Elle l'ouvrirait après la gare de Niolon.

Le train abordait maintenant le viaduc de la Vesse, impressionnant, vertigineux. Comme ce sentiment pour Elicius. Grandiose, même. Était-ce cela, l'amour ? Elle ferma les yeux sous le tunnel de la Vesse, frissonnant d'un plaisir incroyable. Un plaisir qui avait fini de balayer la culpabilité et tout le reste. Dans l'obscurité, elle souriait, serrant la lettre dans sa main gauche.

Finalement, après la gare de Niolon, elle patienta encore avant de rejoindre Elicius. Pour savourer ce moment unique. Celui qui précède la rencontre, l'instant avant qu'on ne se touche. Celui où l'on imagine la suite, où l'on s'invente des histoires. Où la réalité ne vient pas tout gâcher.

Un jour, il viendrait la chercher. Il l'enlèverait. Ils prendraient un train tous les deux. Pas celui qui mène à Marseille. Un autre, un qui va loin. En Europe de l'Est, par exemple. Jusqu'en Russie peut-être. L'Orient-Express, pourquoi pas. On peut même aller jusqu'en Chine avec un train. Si on a le temps… Et du temps, elle en avait. Une vie entière.

Ces pensées la menèrent loin ; jusqu'à la gare de Sausset-les-Pins. Là, elle se résolut enfin à quitter les préliminaires pour entrer dans le vif du sujet. Elle déplia délicatement l'unique feuille. Écrite pour elle.

« Lundi, le 8 juin,

Jeanne,

Vous avez fermé les volets de votre chambre, cette nuit. Comme vous avez dû avoir chaud !

Je vous ai donc choquée et je m'en excuse. Je vous promets de ne jamais recommencer. Si, toutefois, je peux résister...

Mais demain soir, vous pourrez laisser vos volets ouverts, je ne serai pas là. Demain soir, je continuerai ma mission. Demain, sonnera le glas du septième coupable. Non, du septième bourreau, devrais-je dire. Après, nous serons enfin libres, Jeanne. Enfin libres... »

Jeanne releva la tête et reprit sa respiration. Savoir que demain soir un autre allait succomber lui étreignit le cœur. Violemment.

Pourquoi me le dites-vous, Elicius ? Pourquoi tant de cruauté ?

« Demain soir, Emmanuel Aparadès sera mort. Je prendrai sa vie et je serai plus fort encore. J'aurai terminé ma mission, débarrassé le monde de cette ignoble engeance. Ensuite, je serai près de vous. Et plus rien ne pourra nous séparer.

Jamais.

Elicius »

Le train ralentissait à l'approche de la Couronne-Carro. Des gens s'étaient levés, quittant la scène avant l'heure. Ignorant le drame qui se tramait sous leurs yeux. Mais Jeanne ne les voyait plus.

Elle regardait la lettre d'un air hagard. Plus de plaisir, à présent. Un déchirement à la place du cœur, une plaie béante qui déversait son immonde chaleur dans tout le corps.

Emmanuel Aparadès... Je ne vous connais pas mais je sais que vous allez mourir... Je sais quel sort vous est réservé... Que vous vous apprêtez à vivre vos derniers instants au travail ou en famille. Vos derniers sourires, vos ultimes paroles. Vos dernières heures d'un sommeil heureux pour laisser la place à l'éternel... Que, demain soir, vous hurlerez votre peur et votre douleur... Quoi que vous ayez pu faire, quelle que soit votre faute, ou votre crime, votre châtiment devient le mien.

Elle ferma les paupières sur l'horreur de la vérité tandis que le train repartait, écrasé de chaleur. Écrasée de souffrance, Jeanne.

Elicius, mon Dieu, ne faites pas ça, je vous en supplie ! Prière perdue dans le tumulte régulier du train sur les rails. Prière sans espoir.

Elle rouvrit les yeux sur les cheminées rouges et blanches endormies de la centrale de Ponteau. Tant de kilomètres déjà. Comme si le train avait accéléré. Comme si les aiguilles du temps avançaient à une vitesse démesurée.

Le dieu Elicius avait décidé de frapper à nouveau et rien ni personne ne pourrait l'arrêter.

Personne, sauf moi.

Chapitre seize

Comme chaque matin, le 6 h 45 s'élança sur les rails. Avec, à son bord, une jeune femme discrète et retranchée dans son monde.

Pourtant, ce matin était différent des autres. Malgré une nuit entière à garder les yeux ouverts, Jeanne n'était pas fatiguée. Facile de ne pas s'endormir ; il suffisait de ne pas prendre de somnifères. Assise sur son lit, face au mur blanc, elle avait affronté un horrible dilemme. Ses propres démons. Pardonnez-moi, Elicius. Pardonnez-moi, mais je ne peux vous laisser continuer. Vous auriez dû me rejoindre hier. Nous serions partis tous les deux, loin de cette horreur. Mais je sais maintenant que je ne vous arrêterai pas avec des mots, ni même avec mon amour. Il me faut donc vous trahir et cette idée me fait mal. Une douleur atroce. Pourtant, je n'ai pas le choix ; vous ne me laissez pas le choix.

Elle regardait filer le paysage, étrange assemblage de couleurs. Des images floues, aucun contour précis. Du bleu, du vert, du blanc. Le soleil n'était pas trop féroce encore. Il attendait patiemment son heure pour mordre… Comme Elicius. Mais ce soir, il tomberait dans un piège. Et il ne comprendrait pas. Cet amour trahi, cette confiance bafouée…

Jeanne avait l'impression qu'un brasier s'était allumé en elle et la consumait lentement. Il avait fallu de longues heures de discussion avec l'autre pour décider enfin de franchir le pas. De longues heures à se battre contre ses sentiments, contradictoires, et ses peurs, profondes. Tu as pris la bonne décision, Jeanne. Tu ne peux pas faire autrement. Tu n'as plus le choix. Ce sera juste un mauvais moment à passer, un mauvais souvenir. Tu vas sauver une vie, Jeanne… Mais je vais en détruire une autre. Celle d'un petit garçon tendre et rêveur. Celle d'un homme qui m'a confié son amour… Non ! Celle d'un monstre ! D'un tueur sans pitié. Tu as pris la bonne décision, Jeanne. Crois-moi…

Elle ferma les yeux, éblouie par les reflets du soleil sur la mer. Tout lui faisait mal, depuis hier. Depuis longtemps.

Tu as pris la bonne décision, Jeanne. Crois-moi… Je ne crois plus en rien.

***

À la mine fatiguée, mais réjouie du fidèle Lepage, Esposito comprit qu'il y avait du nouveau. Il venait d'arriver au commissariat après une nuit de vrai sommeil. Style coma profond.

— J'ai du nouveau ! annonça Thierry.

— À ta tête, je m'en serais douté ! répondit le capitaine.

— On a presque fini d'interroger tous les anciens étudiants de la promo de Sabine Vernont et des autres…

Enfin, ceux qu'on a pu contacter parce qu'il y en a trois qui sont à l'étranger... Et deux qu'on n'a pas encore vus...

— Alors ?

— Alors, on a trouvé le rapport entre la troisième et la quatrième victime et l'ESCOM...

— Allez, accouche ! implora Esposito.

— Eh bien, Bénédicte Décugis était la copine de de Mérangis et Sandra de Villepainte, celle de Pariglia...

Le capitaine resta quelques instants silencieux. Il réfléchissait.

— On peut en conclure qu'aucune des personnes assassinées n'a été choisie au hasard, dit-il enfin.

— C'est évident, acquiesça Lepage. En fait, elles formaient un groupe. Un groupe soudé...

— La question est, reste-t-il d'autres membres de ce groupe toujours en vie ? Car si c'est le cas, ce sont les prochains sur la liste du tueur...

— En fait, les anciens de l'école n'ont pas été très bavards... À part l'info que je viens de te donner, je n'ai pas pu obtenir grand-chose... J'ai cru que j'allais enfin apprendre ce qui s'était passé en 1988, l'événement qui pourrait expliquer cette série de meurtres, mais les requins ne sont pas très causants...

— Il y en aura forcément un septième, reprit Esposito en allumant une cigarette.

— Et pourquoi, « forcément » ?

— Parce qu'il m'a dit *à la prochaine*. Tu ne t'en souviens pas ?

— Si, bien sûr... Mais ce type est fou, tu ne t'en souviens pas ? rétorqua le lieutenant en souriant.

— Fou ? Je crois surtout qu'il se venge de quelque chose...

— Quinze ans après ? C'est bien ce que je dis, il est fou !

— Je te l'accorde, c'est un malade. Mais ce n'est pas un tueur en série classique. Il a un mobile, des proies désignées. Il sait où il va.

— Même si ces gens lui ont fait un sale coup, n'empêche qu'il est barjo ! Irrécupérable !

— Vous vous trompez, murmura Jeanne.

Les deux policiers se retournèrent d'un seul coup. Ils n'avaient pas entendu ce qu'elle venait de dire, mais étaient surpris de sa présence en ces lieux.

— Bonjour, Jeanne. Qu'est-ce qu'on peut faire pour vous ? demanda le capitaine.

— Je... Il faut que je vous parle.

— Ça ne peut pas attendre ? Je suis désolé, mais on est en plein boulot et...

— Non, ça ne peut pas attendre. C'est très urgent.

Esposito soupira et s'avança vers la jeune femme.

— De quoi voulez-vous me parler ?

— D'Elicius.

— Quoi ?

— Elicius.

— C'est quoi, ça ?

— C'est son nom.

— Son nom ? Mais le nom de qui ?

Lepage ne put réprimer un sourire goguenard. Pourquoi cette nana n'arrivait-elle jamais à aligner deux mots ? Surtout devant un homme !

— Le nom du tueur. Elicius, c'est le tueur, répondit Jeanne d'une voix cassée.

Lepage rangea son sourire. Les deux officiers échangèrent un regard sidéré.

— Vous voulez parler du tueur qui...

— Du tueur. Celui que vous recherchez. Le meurtrier de Sabine Vernont et des autres.

— Qu'avez-vous à me dire ?

— Je sais qu'il va tuer, ce soir. La septième victime, c'est pour ce soir.

— Vous êtes allée chez une voyante ? ironisa le lieutenant.

Elle lui répondit par un regard fielleux, encore plus déstabilisée. Alors, elle s'adressa au capitaine. Son visage était plus rassurant.

— Non, il... Il... Il me...

Esposito fronça les sourcils, essayant de deviner les mots qui ne voulaient pas sortir.

— Il quoi ?

— Il me l'a dit ! La prochaine victime s'appelle Emmanuel Aparadès !

Enfin... ! Elle avait l'impression que sa tête venait de se vidanger.

Lepage se leva subitement de sa chaise, comme s'il avait reçu une décharge électrique.

— Putain, je l'ai interrogé hier soir ! s'exclama-t-il.

Le capitaine regardait tour à tour son adjoint et la jeune femme, se demandant s'il était encore dans son lit, en train de rêver.

— Bon, OK, fit-il enfin, vous allez m'expliquer tout cela plus clairement. D'où tenez-vous ces informations ?

— Elicius m'a prévenue.

— Il vous a prévenue ? répéta Lepage d'un ton incrédule.

Jeanne était figée près de la porte du bureau, comme prête à s'enfuir. Elle avait envie de faire marche arrière, de tout effacer et de recommencer. Une véritable torture.

— Alors, Jeanne ! Expliquez-moi ! s'impatienta Esposito.

Mais elle avait soudain perdu la parole.

Elle recula de trois pas et fixa le bout de ses chaussures. Au bord du malaise. Du feu dans la tête et un froid glacial dans le reste du corps.

Les deux policiers la dévisageaient sans relâche, hésitant sur la manière de l'amener à la confidence.

— Vous voulez venir vous asseoir ? proposa le capitaine d'une voix radoucie.

Elle secoua la tête, mais il la prit par les épaules pour la conduire jusqu'à une chaise. À ce contact, le corps de la jeune femme se contracta ; elle se dégagea d'un geste nerveux et recula encore.

— Écoutez, Jeanne, si vous savez certaines choses, il faut nous les révéler… Maintenant.

Pourquoi les mots restaient-ils coincés ? Pourquoi fallait-il faire une chose aussi infâme ?

— Mais je viens de vous le dire ! s'écria-t-elle. Il va tuer Emmanuel Aparadès ! Il va le tuer ce soir !

— OK, murmura le capitaine. Comment savez-vous cela ?

— Je vous l'ai dit aussi ! Il m'a prévenue !

Brusquement, le lieutenant perdit son sang-froid. Il se planta face à elle.

— Oh ! Vous n'avez pas intérêt à nous raconter des bobards ! On n'est pas là pour s'amuser, nous ! Alors, si c'est une plaisanterie, je vous préviens, ça va vous coûter cher, ma petite !

Un guet-apens. Prisonnière, harcelée par ces regards ennemis. Salie. Alors, elle s'enfuit en courant vers la porte, mais Lepage la rattrapa dans le couloir, la saisit brutalement par le bras. Elle se débattit furieusement. Esposito se jeta à son tour dans la bagarre et sépara les deux combattants.

— Ça suffit ! ordonna-t-il. Lâche-la, maintenant !

— Tu vois pas que cette petite conne se fout de notre gueule ?

— Je t'ai dit de la lâcher !

Le lieutenant s'exécuta et Jeanne se retrouva pétrifiée contre un mur. Animal apeuré.

Le capitaine s'approcha doucement, pour ne pas l'affoler davantage.

— Calmez-vous, Jeanne. Ce n'est pas une plaisanterie ? Vous n'êtes pas en train de nous raconter des salades ?

— Mais non ! répondit-elle avec des sanglots dans la voix.

— Venez dans mon bureau. Nous serons plus tranquilles pour discuter. D'accord ?

Avec délicatesse, il lui prit le bras et elle se laissa faire. Lepage haussa les épaules et suivit son chef. Mais Esposito lui fit comprendre qu'il n'était pas convié et lui ferma la porte au nez.

Il invita Jeanne à s'asseoir en face de lui.

Elle ne prit que la moitié de la chaise, recroquevillée et silencieuse.

— Je vous écoute.

— Je... Je vous l'ai dit, il va tuer cet homme !

— J'ai bien entendu, Jeanne. Mais j'ai besoin de savoir comment vous détenez cette information. Il vous a contactée ?

— Il... Il... Il m'écrit tous les jours.

Les yeux d'Esposito s'arrondirent démesurément.

— Il vous écrit tous les jours ?
— Oui.
— Mais vous le connaissez ? Vous savez qui c'est ?
— Non.
— Je ne comprends rien, Jeanne. Vous dites qu'il s'appelle Elicius, c'est bien ça ?
— Oui. C'est ainsi qu'il signe ses lettres... Mais c'est un surnom. Elicius, c'est Jupiter.
— Jupiter ?
— Le dieu romain, l'égal de Zeus. Elicius, c'est un autre de ses noms. Ça veut dire celui qui fait descendre la foudre.

Esposito nota le surnom sur un calepin, puis fixa son étrange informatrice, qui évitait soigneusement de le regarder. Il remarqua sa jambe droite agitée de spasmes nerveux, ses mains qu'elle tordait l'une contre l'autre comme si elle allait s'arracher les doigts.

— Ça va aller, Jeanne... Vous ne connaissez pas sa véritable identité, c'est bien ça ?
— Non, je ne la connais pas. Juste Elicius.
— Et il vous écrit tous les jours ?
— Presque tous les jours.
— Il envoie ses lettres ici ?

Elle secoua la tête.

— Chez vous ?

Elle répondit encore par un signe négatif.

— Où, alors ?
— Dans le train.
— Le train ???
— Oui. Un jour, j'ai trouvé une lettre à côté du siège où je m'assois toujours. Depuis, j'en trouve une presque chaque jour.

— Bon. Et qui me dit que c'est bien le tueur, l'auteur de cette correspondance ? Que ce n'est pas quelqu'un qui vous fait une mauvaise blague ?

— C'est lui, c'est sûr. Aucun doute. Si vous aviez lu les lettres, vous comprendriez...

— Et pourquoi vous ? Pourquoi vous écrit-il ?

— Il... Il... Il m'aime, je crois.

Mais pourquoi je lui dis ça ?

— Il vous aime ?

Elle se releva, comme si elle allait à nouveau s'enfuir. Le capitaine se leva aussi, prêt à bondir à sa poursuite.

— Asseyez-vous, Jeanne... S'il vous plaît.

Elle consentit à lui obéir et il reprit son interrogatoire.

— Bien, il est donc amoureux de vous. Ce qui prouve qu'au moins, il a bon goût...

Elle le regarda enfin. Un air étonné sur le visage.

— Depuis quand vous écrit-il ? Une semaine ?

— Non. Depuis... Depuis le deuxième meurtre.

Le visage du capitaine changea d'un seul coup. Comme s'il venait de recevoir un seau d'eau glacée sur la tête.

— Depuis le deuxième meurtre ? répéta-t-il lentement.

Il réalisait soudain tout ce qu'elle lui avait caché. Depuis quatre meurtres !

Il eut brusquement envie de la soulever de sa chaise, de la plaquer contre le mur. De hurler.

Mais il se contrôla.

— Et c'est maintenant que vous venez m'en parler ? ! Depuis tout ce temps, vous ne m'avez rien dit ? Alors que vous saviez que c'était lui le tueur !

Elle ne répondit pas, repliée sur sa souffrance, sa culpabilité. Avec l'impression de s'être déshabillée devant lui.

— Eh, Jeanne ! Répondez-moi !
— Je... Je pouvais pas vous le dire !
— Ah oui ? Et pourquoi ?
— Il... Il m'a prévenue dans sa deuxième lettre que si je parlais, il me tuerait ! Il m'enverrait en enfer rejoindre les autres !

Cette réponse le calma un peu. Évidemment, dans ce cas...

— OK, fit-il. Je vois. Vous avez ces lettres ?
— Non.

Je ne veux pas qu'il les lise. Je ne les lui donnerai jamais ! Elles sont à moi. Et à moi seule.

— Où sont-elles ? Chez vous ?
— Je... Je les ai brûlées !

Il fronça les sourcils. Elle mentait vraiment très mal.

— Vous les avez détruites ?
— Oui.
— Je ne vous crois pas, Jeanne !

Elle cessa de respirer, prise de panique.

— Où sont ces lettres, Jeanne ?
— Je... Je viens de vous le dire ! Brûlées !

Faut pas la brusquer ! On verra ça plus tard.

— D'accord, vous les avez brûlées. Et dans ses lettres, le tueur vous a-t-il dit pourquoi il commettait ces crimes ?
— Il... Ces gens lui ont fait du mal... Ils méritaient tous de mourir...
— Vraiment ? Il se venge, c'est bien ça ?
— Oui.
— Quel mal lui avaient-ils fait ?

— Je ne sais pas. Il m'a pas dit. Juste qu'ils avaient détruit sa vie. Et plusieurs autres vies…

Cet interrogatoire ne finirait-il donc jamais ?

Partir en courant.

Prendre le train, s'enfuir très loin. Mais Elicius va me retrouver. Et me tuer.

— Bien. Donc, ce soir, il va assassiner Emmanuel Aparadès. C'est ce qu'il vous a écrit ?

— Oui.

— Quand ?

— Ce soir.

— Non ! Je voulais dire, quand vous a-t-il écrit cela ?

— Hier soir. C'était dans la lettre d'hier soir.

— OK, hier soir. Il ne vous a rien révélé d'autre ?

— Non. Rien… Qu'après celui-là, ça serait fini. Oui, c'est le dernier… Ensuite, nous serons libres.

— Nous ? Comment ça, « nous » ?

De pis en pis. Comment sortir de ce bureau ? De ce bourbier ? Sauter par la fenêtre, peut-être…

— Qu'est-ce que vous entendez par « nous » ? insista le capitaine.

— Mais je sais pas moi ! C'est lui qui a écrit, pas moi…

Esposito alluma une cigarette, gardant le silence un moment. Elle ne pouvait pas tout avoir inventé. Aparadès appartenait à la promo de Sabine Vernont à l'ESCOM. Comment aurait-elle pu le deviner ? Elle était certes un peu bizarre, mais certainement pas affabulatrice.

— Comment dépose-t-il les lettres dans le train ?

— Je sais pas. Je les trouve tous les soirs, dans le 17 h 36.

— Quel est ce train ?

— Le Marseille-Miramas.
— Vous habitez où, Jeanne ?
— Istres.
— Istres ?
— Oui.

Tiens ! Comme Grangier. Mais quel rapport ?

— Qu'est-ce qui vous a décidé à venir me voir aujourd'hui ?

— Il… C'est la première fois qu'il me prévient d'un meurtre. Je pouvais pas le laisser faire ça. Je pouvais pas…

Elle semblait vivre un véritable calvaire et le capitaine eut soudain un peu pitié d'elle.

— C'est très bien de m'avoir prévenu, assura-t-il.

Elle se dressa et le foudroya du regard.

— Oui, comme ça, maintenant, il va me tuer ! Il avait confiance en moi et maintenant, il va me tuer !

— Mais non, Jeanne ! Nous allons l'arrêter et il ne pourra plus vous faire de mal ! Il cessera de vous harceler…

— Mais il ne me harcèle pas ! Il m'aime !

Putain, mais tais-toi, Jeanne ! Tais-toi !

— OK… Calmez-vous…

— Vous allez le tuer ? C'est ça ?

— Le tuer ? Mais non ! Quelle idée ! Nous allons tendre une souricière au domicile de cet Aparadès. Et nous le cueillerons en douceur…

— Je veux pas qu'il meure !

Merde ! Elle est amoureuse de lui ou quoi ?

— J'veux pas qu'il meure… C'est… C'est pas de sa faute ! Il… Il les a tués parce qu'il a souffert ! C'est pas de sa faute… J'veux pas qu'il meure !

Esposito la regardait se débattre, oscillant entre colère et compassion.

Tout ce temps perdu… tous ces gens assassinés alors qu'elle détenait la clef ! Qu'elle aurait pu l'éviter ! En revoyant les visages et les corps torturés, ce fut la colère qui prit le dessus. Et puis, cette façon ignoble de prendre sa défense ! « J'veux pas qu'il meure ! » On aurait dit une gamine trop gâtée qui faisait un caprice !

— Vous auriez dû m'en parler beaucoup plus tôt ! lança-t-il soudain.

Il alluma une autre cigarette et se leva, arpentant le bureau, traçant des cercles autour d'elle.

— Vous vous rendez compte que des gens sont morts à cause de votre silence ? Est-ce que vous vous en rendez compte, Jeanne ?

Il avait à nouveau perdu tout contact avec elle. Mais il avait besoin de laisser exploser sa rage.

— Tous les jours, vous m'avez vu, vous m'avez parlé ! Vous saviez que je cherchais ce type et vous ne m'avez rien dit ! Vous vous êtes bien foutue de ma gueule !

— Non ! se défendit Jeanne. C'est… C'est pas vrai !

Il se planta soudain devant elle et la bouscula du regard.

— Vous travaillez dans un commissariat ! Vous êtes dans la police, mademoiselle ! C'est d'autant plus impardonnable ! C'était tellement facile de m'en parler !

— J'ai essayé !

— Vraiment ?

— Oui ! Je suis venue vous voir et vous m'avez dit que vous n'aviez pas le temps ! Que vous aviez du travail !

Esposito se remémora cet instant et serra les mâchoires. Quel con ! Pourquoi je l'ai pas écoutée ? Mais sa fureur ne fléchissait toujours pas. Sabine Vernont, Bénédicte Décugis, Charlotte Ivaldi…

Et les autres !

— C'est pas une excuse ! hurla-t-il. Fallait insister ! Vous n'êtes plus une petite fille, non ?

— Laissez-moi tranquille ! s'écria-t-elle en se dressant.

Il la força brutalement à se rasseoir et elle eut peur. Comme s'il allait lever la main sur elle.

— Ne bougez pas !

Il alla ensuite ouvrir la porte et appela Lepage, qui accourut, ravi d'être de nouveau le bienvenu.

— Sors moi les coordonnées de cet Aparadès ! ordonna le capitaine. On va préparer un comité d'accueil pour notre cher Elicius !

— OK… C'est bien lui, alors ?

— Apparemment, oui…

— Mais comment elle peut savoir ça ?

— Je t'expliquerai. Mademoiselle avait une correspondance avec le meurtrier mais elle nous faisait des cachotteries !

— Ah ouais ? Non dénonciation de malfaiteur, ça vous dit quelque chose ? Ça va vous coûter cher !

Jeanne les contemplait tour à tour, effondrée. Elle n'était plus victime : elle devenait coupable. Elle allait être jugée, enfermée.

— Six meurtres ! continua Lepage. Six meurtres et c'est maintenant que vous vous réveillez ! Mais je rêve !

Défoulement collectif. Pour un peu, c'était elle qui allait être condamnée pour ces crimes. Elle se mit à trembler légèrement. Tout juste si elle arrivait encore à respirer.

— Je peux m'en aller ? demanda-t-elle d'une voix à peine audible.

— Hors de question ! trancha le capitaine. Vous restez ici !

— Mais…

— Mais quoi ? Vous avez d'autres choses à nous apprendre ?

— Non ! Je… Je… Je ne sais rien de plus !

— C'est ce qu'on va voir ! répondit Lepage d'un ton méprisant. C'est ce qu'on va voir…

Ils passèrent dans la pièce d'à côté. Jeanne se laissa aller à son angoisse. Courbée vers l'avant, son front entre ses mains. Calme-toi, Jeanne ! Tu as bien fait ! C'était ce que tu avais de mieux à faire… Elicius ! Ils vont le tuer ! Ils ne lui laisseront aucune chance !

Elle se leva et peignit son angoisse sur les murs tristes du bureau. Trouver la sortie de cette cage.

Je vais aller en prison ! Maman va en mourir ! Au secours ! Aidez-moi ! Elle étouffait. Elle ouvrit la fenêtre, se pencha et chercha de l'air.

Les yeux fermés, elle tentait d'échapper à la crise. De contrôler le flot boueux qui coulait dans ses veines. Elle entendit la porte du bureau s'ouvrir ; quelqu'un la prit par les épaules.

C'était le capitaine.

— Qu'est-ce que vous faites ?

Putain ! Elle va pas se suicider, quand même !

— Asseyez-vous !

La chaise, à nouveau. Esposito la dévisageait avec inquiétude. Elle était de plus en plus blafarde. Presque transparente. Il appela Solenn qui venait d'arriver et d'apprendre la nouvelle.

— Vous restez avec elle, ordonna-t-il. Vous ne la quittez pas des yeux. C'est compris ?

— Oui, patron.

Il prit son arme, sa plaque, son paquet de cigarettes et quitta la pièce. S'ensuivit un silence de plomb qui emprisonna les deux femmes.

Solenn, assise en face de Jeanne, la considérait avec curiosité. Comme si elle ne l'avait jamais vue avant. D'ailleurs, elle ne l'avait jamais vue. Jamais remarquée, en tout cas. Comme ces gens que l'on croise chaque jour dans les couloirs et auxquels on ne fait même pas attention. Mais, aujourd'hui, cette inconnue était le centre d'intérêt, le centre du monde.

Jeanne, quant à elle, regardait le sol. Une moquette bleue, poussiéreuse et laide. Elle n'avait plus aucune force. Pourtant, elle se sentait soulagée. La culpabilité était partie, les angoisses s'étaient doucement apaisées. Il ne subsistait qu'une douleur étrange. J'ai tellement mal…

Chapitre dix-sept

La porte s'ouvrit et Jeanne sursauta. Le capitaine Esposito venait d'entrer.
— Merci, Solenn. Vous pouvez nous laisser, s'il vous plaît ? fit-il d'un ton sec.
— Oui, bien sûr.
Elle s'éclipsa et Lepage prit sa relève, fermant la porte derrière lui. Esposito s'installa dans son fauteuil tandis que son adjoint se postait à droite de Jeanne.
— On a été faire un petit tour chez vous, Jeanne, annonça le capitaine.
— Chez moi ? répéta t elle doucement. Mais...
— Oui, chez vous. Et on a trouvé des choses très intéressantes...
D'un sachet plastique posé à ses pieds, il sortit la correspondance d'Elicius qu'il jeta en vrac sur son bureau Comme s'il la lui jetait au visage.
— Je croyais que vous les aviez brûlées, Jeanne !
Il alluma une cigarette et la fixa droit dans les yeux.
— Je vous conseille d'arrêter de me mentir ! ajouta-t-il.
Elle regardait les lettres et le visage sévère du capitaine. Et elle sentit renaître ses forces sous l'impulsion de la colère.

— Vous n'aviez pas le droit d'aller fouiller chez moi ! s'insurgea-t-elle.
— J'ai tous les droits !
— On a aussi pris votre journal, ajouta Lepage. Qui sait ? Il nous sera peut-être utile...
— Mon journal ?

Le lieutenant posa le fameux carnet à côté du courrier et la colère de Jeanne décupla. Elle tenta de récupérer ses écrits mais le capitaine fut plus rapide qu'elle.

— Rendez-moi ça ! rugit-elle.
— Calmez-vous, Jeanne... Ça vaut mieux pour vous...
— Rendez-moi ça !
— Asseyez-vous et calmez-vous !
— Non ! Je me calmerai pas ! Vous... Vous... Vous n'avez pas le droit de lire ce journal !
— Je mène une enquête sur six meurtres ! Dont quatre que vous auriez pu éviter ! Alors je vous le répète : j'ai tous les droits !

Cette fois, Jeanne sut qu'elle ne se contrôlerait pas. Plantée face à son juge, aussi raide qu'une statue. Aussi blanche qu'une statue. Ses yeux qui essayaient de quitter leurs orbites ; sa poitrine qui menaçait d'exploser... Un geyser de haine, Jeanne.

— Vous ne vous sentez pas bien ? demanda soudain le capitaine.

Elle avait reculé jusqu'au mur et fixait les lettres et le journal. Elle allait lui sauter à la gorge, le rouer de coups. Lui arracher les yeux, le tuer peut-être. Le tube vert. Vite. Où est mon sac ? Putain, où est mon sac ?

— Asseyez-vous, Jeanne !

Cette voix résonnait dans sa tête et jusque dans ses entrailles. Lointaine et déformée. Le tube vert. En urgence. Avant d'atteindre le point de non-retour.

Elle commença à se mordre les lèvres, un petit filet de sang coula sur sa peau claire... Tandis qu'elle lacérait ses avant-bras avec ses ongles...

Lepage ne bougeait pas, grotesque dans son incompréhension alors qu'Esposito avait bondi de son fauteuil. Merde ! Mais qu'est-ce qu'elle a ? Il contourna son bureau, bouscula Lepage et essaya d'empoigner Jeanne par les épaules.

La sanction fut immédiate, une droite en pleine figure. Il vacilla mais resta debout, surpris plus que sonné. Lorsqu'il releva la tête, il la vit en train de frapper le mur. Des coups de poing, des coups de pied...

— Mais arrêtez ! s'écria-t-il. Jeanne ! Arrêtez !

Son front heurta la cloison avec une incroyable brutalité. Il se jeta à nouveau sur elle. Lepage réagit enfin et vint au secours de son ami. À eux deux, ils maîtrisèrent la furie et la plaquèrent sur le sol.

— Putain, mais calmez-vous !

Elle essayait de parler alors qu'elle arrivait à peine à respirer.

— Mon... Mon... Mon sac...

— Votre sac ? Thierry ! Va chercher son sac !

Le lieutenant lâcha prise et se précipita dans la pièce d'à côté à la recherche du fameux sac. Et pourquoi le sac, d'ailleurs ? Il revint en courant avec l'objet.

Esposito avait relevé la jeune femme mais la tenait toujours dans ses bras pour éviter qu'elle ne se blesse davantage.

— Vide le sac ! ordonna-t-il.

Lepage s'exécuta. Le capitaine repéra instantanément le tube de médicaments.

— C'est le tube vert, Jeanne ? Jeanne, répondez-moi ! C'est le tube vert ? C'est ça que vous voulez ?

— Oui ! hurla-t-elle.

Lepage l'ouvrit et le tendit à son chef.

— Combien il en faut ? Jeanne, combien de comprimés ?

Elle fit un signe avec sa main. Parce qu'elle n'arrivait plus à parler, étranglée par sa souffrance.

— OK, deux... Va me chercher un verre d'eau ! Vite !

Lepage repartit en courant. Esposito prit le risque de libérer sa prisonnière et de l'installer sur une chaise. Moins d'une minute après, elle avalait les comprimés sous le regard inquiet des deux policiers. Mais il fallait encore que le remède agisse. Agitée de spasmes, la respiration bloquée, Jeanne semblait sur le point de mourir.

— Vous voulez que j'appelle un toubib ? demanda le capitaine.

— Laissez-moi tranquille ! Laissez-moi !...

Il s'écarta un peu, craignant de recevoir un nouvel uppercut.

Jeanne s'aida de la chaise, se remit sur ses jambes. Envie de mordre, de frapper. Faire sortir cette monstruosité qui avait pris possession de son corps. Devant ces inconnus. Spectacle désolant, insupportable honte.

Esposito restait sur ses gardes, prêt à intervenir au moindre signe de démence.

Jeanne fit deux pas en avant, s'appuya au bureau. Et soudain, elle se mit à hurler. De quoi vous glacer le sang.

Avec une incroyable rapidité, elle se précipita à nouveau contre le mur, ne contrôlant plus rien. Il fallait que ça sorte. Il fallait qu'elle s'assomme de coups, qu'elle trouve la sortie de cet enfer...

Elle fut à nouveau maîtrisée, plaquée au sol. Et, cette fois, les deux policiers ne la lâchèrent plus. De longues minutes d'angoisse... puis, enfin, le corps de Jeanne se détendit... Et ses yeux se fermèrent doucement. Elle respirait presque normalement, à présent.

— C'est bon, Thierry. Tu peux la laisser, maintenant, chuchota le capitaine. Jeanne, vous m'entendez ?

Elle hocha la tête.

— Ça va mieux ?

Encore un signe de tête qui voulait dire oui.

— Vous voulez que j'appelle un médecin ? Qu'on vous emmène à l'hôpital ?

— Non...

C'était si faible qu'il n'était pas sûr d'avoir entendu.

— Je vous conduis à l'hôpital ?

— Non ! Non !

— D'accord, ne vous énervez pas. Je vais vous soutenir pour vous lever.

Putain ! J'aurais dû y aller mollo avec elle. Que je suis con ! Il la releva doucement et l'aida à s'allonger sur la vieille banquette où il dormait parfois.

— Vous voulez boire ? Vous voulez un café ? De l'eau ? Qu'est-ce que vous voulez, Jeanne ?

— Mourir...

Il ressentit un choc dont la violence le déstabilisa. Elle avait dit cela avec tant de sincérité... Un instant, elle rouvrit les yeux sur ceux du capitaine. Toujours aussi verts, toujours aussi beaux. Inquiets, à présent.

— Ne dites pas ça...

— Demandez-lui de s'en aller, murmura-t-elle.

— Pardon ?

— Dites-lui de s'en aller... L'autre. Je veux plus qu'il me regarde...

Esposito tourna la tête.

— Thierry, laisse-nous, s'il te plaît.

— OK ! Si tu as besoin de « l'autre », tu sais où le trouver...

— Merci, Thierry.

La porte claqua violemment. Esposito s'assit juste à côté d'elle.

— Je suis désolé, dit-il. Je ne voulais pas... Je ne pensais pas...

— Vous êtes un salaud...

Ce verdict le blessa.

— C'est faux ! protesta-t-il. Et puis, qu'est-ce qui vous a pris, hein ?

Elle gardait les paupières closes, proche de l'évanouissement. Les comprimés du tube vert traçaient leur chemin, larguant lentement leur doucereux poison dans ce corps exténué. Plus de barrières, plus de règles à présent. Un moment étrange. Le calme après la tempête, une libération.

Le capitaine comprit que le moment était propice aux confidences.

Il prit sa main glacée dans la sienne.

— Pourquoi voulez-vous mourir ?

— Parce que j'ai mal...

Les yeux toujours fermés. Bercée par la drogue qui s'emparait de son cerveau. Nouvelle prison, plus douce, moins douloureuse.

— Qu'est-ce qui vous fait mal, Jeanne ?

— Il avait confiance en moi et je l'ai trahi...

— Elicius ?

Elle hocha la tête.

— Vous deviez le faire, Jeanne. Cet homme est un assassin.

— Il me faisait confiance. Et je l'ai trahi... Il me faisait confiance. Il m'aimait.

— Il est fou, Jeanne !

— Parce qu'il m'aime ?

— Mais non ! Parce qu'il tue !

— Il tue parce qu'on lui a fait du mal.

— Je le sais. Mais ce n'est pas une bonne raison... Il n'y a pas de bonne raison de tuer, d'ailleurs...

— Il m'aimait et je l'ai trahi... Je mériterais qu'il me tue, moi aussi...

— Ne dites pas ça !

— Il m'aimait et je l'ai trahi... Mais pourquoi j'ai fait ça ! Pourquoi ?

— Vous ne voudriez pas de l'amour d'un assassin, Jeanne ?

— Personne ne m'aime, jamais... Personne ne se soucie de moi... C'est comme si j'existais pas ! Y a que lui qui m'a vue. On ne peut pas faire attention à moi si on est normal !

Si. Moi, je vous ai vue. Et je crois que je suis normal. Il lâcha sa main et soupira. Un bon psy serait le bienvenu pour lui filer un coup de main ! Il attrapa un mouchoir en papier dans le tiroir puis essuya délicatement le sang qui coulait de sa lèvre et de son arcade sourcilière. Elle avait enfin rouvert les yeux. Un regard beau et désarmant, une douleur colorée. Il ne put s'empêcher de caresser son visage et elle n'opposa aucune résistance. Mais qu'est-ce que je suis en train de faire ? Il enleva sa main et lui sourit.

— Ça va mieux ?

— Oui.

— Vous pouvez pleurer, si vous voulez...

— Je ne pleure jamais.

— Jamais ? Même pas une petite larme de temps en temps ?
— Non. Jamais. J'ai plus de larmes. Je les ai toutes pleurées... Vous allez m'enfermer ?
— Vous enfermer ?
— Me mettre en prison ?
— Non, je ne crois pas... S'il vous a vraiment menacée, le juge en tiendra compte...
— Je ne veux pas que vous lisiez ces lettres. Elles sont à moi.
— Je suis désolé, Jeanne. Mais je vais les lire et les garder. Je ne peux pas faire autrement... Mais je vais vous rendre votre journal. Je vous promets de ne pas l'ouvrir.
— Vous n'avez pas le droit de lire mes lettres...
— J'y suis obligé.
Un peu de sang continuait à perler le long de sa tempe et allait se mêler à sa chevelure brune.
— Je vais vous poser un pansement.
Il alla récupérer une trousse à pharmacie dans son armoire puis déposa un sparadrap sur la plaie.
— Voilà, c'est fini...
— Oui. C'est fini, répondit-elle. Tout est fini. Elicius va m'abandonner. Comme Michel...
— Michel ? Qui est Michel ?
Pas de réponse. Elle venait de perdre connaissance. Elle avait succombé aux comprimés du tube vert. Le monstre était parti, laissant la place à un ange assoupi que le capitaine contempla longuement. Et dire que tout le monde croit qu'elle n'a pas de personnalité ! Putain ! J'ai jamais vu ça ! Il alluma une cigarette et ouvrit la porte de son bureau.
— Thierry ! Solenn !

Les deux lieutenants arrivèrent immédiatement.

— Elle va mieux ? demanda la jeune policière.

— Ouais. Mais appelez-moi un toubib. C'est plus prudent. Et préparez-moi le comité d'accueil pour ce soir…

— OK, patron !

— Appelez les autres, aussi.

— À part nous, ils sont tous de repos, rappela Solenn.

— Et alors ? Qu'ils rappliquent en début d'après-midi. Tous, sans exception.

— Bien patron.

Il referma sa porte puis se pencha au-dessus de Jeanne qui dormait paisiblement. Il plaça le journal intime dans son sac à main et le déposa à ses pieds. Ensuite, il s'empara de la prose d'Elicius et s'assit sur la chaise, juste à côté de la banquette.

Il attaqua une bien étrange lecture avec l'impression de devenir un voyeur. D'entrer par effraction dans l'intimité de Jeanne…

C'est vrai que je suis un salaud. Elle a raison, cette petite.

***

Le médecin tourna la tête vers le capitaine en enlevant son stéthoscope.

— Vous l'avez passée à tabac ? demanda-t-il.

— Pardon ?

— Vous l'avez frappée ?

— Mais vous plaisantez ! s'offusqua Esposito. Pour qui vous me prenez ? Je n'ai pas l'habitude de frapper les femmes !

— Pourquoi ? Les hommes, oui ?

— Mais non ! Qu'est-ce qui vous prend ? Je vous l'ai dit, elle s'est fait ça toute seule ! Ça lui a pris d'un seul coup... Elle s'est mise à se taper contre les murs...

Le médecin rangea ses instruments dans sa sacoche en cuir.

— Elle va dormir encore un peu, je crois.
— Qu'est-ce qu'elle a ?
— Elle est assommée par les comprimés...

Il examina le tube vert quelques secondes.

— Vous dites qu'elle avait ça dans son sac ?
— Oui. Quand elle a commencé à péter les plombs, elle les a réclamés...
— Pourquoi a-t-elle « pété les plombs » ?
— Ben... Je l'interrogeais à propos d'une de mes enquêtes...
— Ah oui ? rétorqua le toubib d'un ton suspicieux. Vous l'avez drôlement secouée, on dirait !
— Je ne voulais absolument pas ça ! Je vous assure ! Elle est juste témoin, en plus...
— Enfin... de toute façon, elle doit être coutumière de ce genre de crise. Sinon, elle n'aurait pas ces médicaments sur elle...
— C'est quoi, au fait ?
— Quoi, quoi ?
— Les comprimés du tube vert ?
— Un puissant calmant utilisé dans les cas extrêmes... Si vous ou moi avalons un seul de ces machins-là, nous dormirons pendant 24 heures !
— Elle va dormir 24 heures ? s'écria Esposito.
— Elle, non ! Elle a certainement l'habitude de les prendre. Elle...

Jeanne, ouvrant soudain les yeux, essaya de se relever.

— Où je suis ? Qui êtes vous ?

— Ne vous inquiétez pas, répondit le médecin avec un sourire rassurant. Tout va bien. Je suis le docteur Meyllerand.

Elle voyait juste une figure un peu trouble. Docteur ? Mais pourquoi un docteur ?

Elle parvint enfin à faire le net et aperçut alors le beau visage du capitaine. Le bureau d'Esposito ! J'ai dénoncé Elicius ! Je croyais que c'était un cauchemar ! Et… Les lettres, le journal ! Mon Dieu ! La crise !

Elle se recroquevilla sur la banquette et lança des regards éperdus autour d'elle.

— Comment vous sentez-vous ? demanda Meyllerand.

— J'en sais rien… J'en sais rien… Ça va, on dirait. J'ai mal à la tête…

— Ce n'est rien. C'est le choc. Bien, je vais vous laisser.

Il récupéra sa sacoche et le capitaine l'accompagna jusqu'à la porte du bureau.

— N'y allez pas trop fort, avec elle ! conseilla le toubib à voix basse. Elle est fragile nerveusement…

— Oui, ça, j'avais remarqué ! De quoi souffre-t-elle exactement ?

— Je n'en ai pas la moindre idée ! avoua Meyllerand. Je ne suis pas psychiatre mais, en général, ce genre de traitement est prescrit à des psychotiques, des schizophrènes ou des épileptiques… Au revoir, capitaine. N'hésitez pas à me rappeler si nécessaire.

— Au revoir, docteur. Et merci…

Esposito revint au chevet de Jeanne qui fixait le mur, encore plus repliée sur elle-même.

— Vous voulez un café ?

Pas de réponse.

— Ou un verre d'eau, peut-être...

Un mur. Une forteresse imprenable.

— Vous êtes content ? murmura-t-elle.

Il fut presque surpris d'entendre le son de sa voix.

— Content ?

— Vous... Vous... À cause de vous... Je...

— Ça va, calmez-vous, Jeanne.

— Tout le monde va savoir, maintenant !

— Vous croyez que je vais aller le crier sur les toits ? Vous avez eu un petit malaise et...

— Et je me suis tapé la tête contre les murs !

— Je ne suis pas obligé de le dire...

— Mais les autres ?

— Les autres ? Ne vous faites pas de mouron ! Ils seront aussi discrets que moi...

— Vous... Vous avez lu les lettres ?

— Oui, je les ai lues... Mais pas votre journal. Il est dans votre sac, à l'abri des regards. Comme promis.

— Vous avez lu les lettres...

Tant de désespoir dans cette simple phrase. Elle aurait voulu disparaître sur le champ.

— Oui, je les ai lues, répéta Esposito. Et...

Et j'y ai vu des choses surprenantes. Votre souffrance, immense. Insoupçonnée. La sienne, aussi. Mais je n'ai pas le choix.

— Mais c'est fini à présent, conclut-il. Ce soir, il sera sous les verrous. En attendant, on va vous ramener chez vous...

— Chez moi ? Maintenant ?

— Oui, pourquoi ? Vous ne voulez pas rentrer chez vous ?

— Qu'est-ce que vous avez dit à ma mère ?

— Eh bien... Que nous menions une enquête et que... Que vous étiez en possession de documents qui pouvaient nous être utiles... Et que vous nous aviez permis de venir les chercher...

— Si je rentre chez moi maintenant, Elicius va se douter de quelque chose. Surtout si un policier me ramène...

— Vous croyez qu'il vous surveille ?

— Vous l'avez lu, oui ou non ?

— Oui... Vous avez raison. Vous allez rester ici et ensuite, vous prendrez le train comme d'habitude. Vous m'appellerez en arrivant chez vous.

— Pourquoi ? Vous vous inquiétez pour moi ?

— Évidemment ! Qu'est-ce que vous croyez ?

— Pourtant, tout à l'heure, vous m'avez traitée comme une criminelle !

— Je suis désolé, Jeanne. Mais vous avez commis une faute grave en nous cachant cette correspondance...

— Je ne peux pas aller en prison... Ma mère va en mourir...

— Et... Votre père ?

Jeanne eut un frisson à peine perceptible.

— Mon père ? Il est parti. Ça fait longtemps.

— Désolé... En tout cas, je ne crois pas que le juge vous enverra en prison. J'ai appelé le procureur et il m'a dit que je pouvais vous laisser en liberté... C'est plutôt bon signe. Bien sûr, vous serez amenée à vous expliquer devant un juge. Mais bon, vu les menaces qu'il a proférées contre vous, je pense que vous ne serez pas trop inquiétée...

Il alluma une cigarette et elle sembla se détendre un peu. Se décrisper.

— Je devrais peut-être aller travailler, suggéra-t-elle.
— Vous y tenez vraiment ? s'étonna le capitaine.
— Non, mais…
— Mais c'est toujours mieux que de rester avec moi, c'est ça ?
— C'est pas ce que je voulais dire… Elles savent ?
— Non. Personne ne sait que vous êtes là.
Elle regarda sa montre : midi.
— Vous voulez déjeuner ? proposa le capitaine.
— Non, merci. Je n'ai pas faim.
— Je vais vous laisser… J'ai beaucoup de travail. Vous pouvez dormir, si vous voulez. Et si vous avez besoin de quelque chose, n'hésitez pas, je suis à côté…
Il disparut. Jeanne déplia ses jambes. Il faisait chaud, encore. Pourtant, elle se mit à grelotter. Qu'est-ce qui va m'arriver ? Mon Dieu ! Mais qu'est-ce qui va m'arriver ? Il ne va rien t'arriver, Jeanne. Ce fou va être arrêté et tu seras enfin tranquille. Tu aurais dû parler plus tôt…
Elle ferma les yeux, entendit une autre voix. Grave et un peu cassée… *Vous m'avez trahie, Jeanne. Vous rejoindrez les autres en enfer. Là où est votre place. Pourtant, je croyais en vous. Je vous aimais…*
Elle rouvrit les yeux et fut surprise de ne voir personne dans le grand bureau.
— Moi aussi, je vous aimais.

***

Au moment de monter dans le train, Jeanne hésita. Et s'il était là, ce soir ? S'il savait déjà ? S'il avait vu les policiers venir chez moi ?

Elle jeta un œil à gauche, puis à droite. Le soleil étincelait sur la livrée bleue de la BB qui chauffait son moteur avant de s'élancer. Rien de particulier, rien à signaler.

Elle monta à bord et trouva sa place libre. Comme si personne n'avait osé y toucher. Y avait-il une lettre ? Une dernière lettre ? Elle sentit son cœur se serrer davantage. Pressé comme un fruit mûr, écrasé dans un étau puissant, il libérait un jus poisseux dans ses veines. Alors, elle glissa sa main sur le côté et caressa la douceur de l'enveloppe. Il lui avait écrit ; lui, ne l'avait pas trahie ; lui, continuait de l'aimer. Fidèle poète, obscur poète.

Le train démarra et Jeanne vit le quai s'éloigner. Est-ce que mon sac est bien fermé ? Quelle importance ? Elle tenait la lettre entre ses doigts, ultime cadeau. Celle-là, elle la garderait secrète. Elle ne dirait pas au capitaine qu'il lui avait écrit, ce soir. Garder un souvenir d'Elicius. Une trace ailleurs que dans la mémoire ou dans la chair. Comme les photos de Michel. Quelque chose à regarder pour se souvenir. Du meilleur puis du pire.

Il faisait moins chaud maintenant. Le ciel s'était couvert, préméditant un orage d'été. Violent. Elicius avait-il ce pouvoir aussi ? Celui de faire tomber la foudre, la vraie ?

Jusqu'à la gare de l'Estaque, premier arrêt du voyage, Jeanne resta immobile. Bercée seulement par le mouvement du train, par les soubresauts légers et réguliers. Il repartit et un aiguillage l'emmena vers sa destination. Alors, enfin, elle se décida à ouvrir l'enveloppe. La même écriture, toujours. Noire et ronde, belle et appliquée. Une lettre d'adieu sans le savoir.

« *Mardi, le 9 juin,*
Ma chère Jeanne,
Il est encore tôt et déjà, je pense à vous. Je vous écris depuis la gare Saint-Charles. Perdu dans la salle des Pas Perdus, j'observe les gens pressés, ceux qui hésitent. Et ceux qui se déchirent, qui se séparent. Pourquoi faut-il se séparer quand on s'aime ? »

Jeanne dut s'arrêter quelques instants. Déjà. Elle se tourna vers la mer, espérant peut-être y noyer le feu qui dévorait sa tête. Grise, la Grande Bleue, ce soir. Même le soleil s'était incliné devant tant de douleur. Ils vont vous tuer, Elicius ! Ou pire : vous enfermer de nouveau ! Mais qu'ai-je fait ? Qu'avez-vous fait ?

« *Pourquoi faut-il se séparer quand on s'aime ? Moi, je pense qu'il n'y a rien de plus beau ou de plus important. C'est si rare d'aimer quelqu'un, de l'aimer vraiment. Je le sais depuis que vous êtes entrée dans ma vie. Que vous êtes devenue mon seul rêve, ma seule réalité. Pendant des années, j'avais de la haine à la place du cœur. De la haine à la place du sang. Pendant des années, je n'ai pas eu de rêve. Seulement celui de me venger. Celui de me libérer, aussi. Et j'ai compris que les deux étaient liés. Que tant qu'ils vivraient, je ne pourrais respirer. Mais tout cela est bientôt terminé. Nous pourrons oublier. Ensemble.*

Ne croyez pas que je ne ressens rien dans ces moments-là. Je vous assure que je souffre. Mais les images qui me hantent, celles qui m'étouffent depuis si longtemps, guident mes gestes. Il faut le faire, je dois le faire.

J'espère que je pourrai aller au bout de ce pèlerinage de l'enfer. Qu'ils ne me trouveront pas. Parfois, j'y pense et je me vois à nouveau derrière des barreaux.

Alors, je ne souhaite qu'une chose : s'ils me trouvent, je préfère encore qu'ils me tuent. La mort est préférable à la prison, Jeanne. Quelle que soit la prison, d'ailleurs. J'ai été privé trop longtemps de ma liberté. Je ne le supporterais pas une seconde de plus.

Ne laissez jamais quelqu'un prendre votre liberté, Jeanne. C'est ce que vous avez de plus précieux. Croyez-moi.

Et si jamais je suis pris, si jamais je ne peux vous offrir ma vie, sachez que je penserai à vous jusqu'à la dernière seconde. Gardez-moi seulement une petite place quelque part en vous. Ne m'oubliez pas. Comme vous n'avez pas oublié Michel. Dans votre cœur, je continuerai d'exister. Et c'est le plus bel endroit pour exister.

À bientôt, mon amour.

Elicius. »

Mon amour... C'est la première fois qu'il m'écrit ces mots. La première fois que je les entends. Il pleuvait, maintenant. Une kyrielle de petites gouttelettes qui s'étiraient le long des vitres, emportées par la vitesse, happées par le vent. Une libération, enfin. Un soulagement.

Mon amour...

Des larmes du ciel, aussi froides que celles de Jeanne étaient brûlantes.

Chapitre dix-huit

Jeanne ne pouvait dormir, une fois encore. Assise en tailleur sur son lit, veillée par la faible lumière d'une petite lampe, elle pensait à Elicius. Il était sans doute déjà prisonnier du capitaine Esposito, devenu immense oiseau de proie aux serres terrifiantes. Posée à côté d'elle, la dernière lettre, la seule qui resterait. Lue et relue des dizaines de fois. *Mon amour...*

Et, depuis des heures, ces larmes, enfin revenues. Elle avait presque oublié à quel point c'était bon de pleurer. Maintenant, elle ne pouvait plus s'arrêter.

Elle entendit le pas de sa mère dans le couloir et ferma les yeux.

— Jeanne ! Ouvre cette porte !
— Laisse-moi tranquille ! Va-t-en !
— Ouvre, bon sang !
— Non ! Je n'ouvrirai pas ! Va regarder ta télé et fous-moi la paix !
— Tu me dois des explications, Jeanne ! Qu'est-ce qu'il se passe ? Que voulaient ces policiers ? Jeanne ! Réponds-moi !

Elle se boucha les oreilles et se réconforta du silence. Même l'autre se taisait. Remplacé par les larmes, sans doute.

Sa mère s'éloigna enfin.

Elle se leva. Ouvrir les volets, respirer l'air frais et humide qui traversait la ville endormie. Elle avait toujours aimé les soirs de pluie, si rares ici. Ces odeurs si particulières qui succèdent à l'orage. Parfums délicieux de terre mouillée qui viennent s'unir aux effluves gourmandes des lavandes détrempées.

Mais ce soir, rien ne pouvait ôter le deuil en son cœur. Tout était sans doute fini, désormais.

Pourvu qu'ils l'aient tué ! Pourvu qu'ils l'aient tué ! Qu'ils ne l'envoient pas en prison ! Que jamais je n'aie à affronter son visage ou sa colère. Ma honte.

***

Des nuits blanches, Esposito en avait passées beaucoup. Mais rarement aussi fructueuses que celle qui s'achevait.

Face à lui, un homme, assis, le dévisageait avec angoisse. Secoué par une arrestation musclée mais sans bavure. Olivier Zamikellian, trente-cinq ans, célibataire ; ancien élève de l'ESCOM de 1988 à 1990, ayant abandonné ses études au bout de deux ans et au chômage depuis trois, après une sordide carrière de commercial pour un fabricant d'électroménager.

Un des seuls qui avaient pu esquiver l'interrogatoire de Lepage.

— Alors, monsieur Zamikellian ? Vous refusez de parler ? questionna le capitaine.

— Mais parler de quoi ?

— Des meurtres, pardi ! Des six meurtres que vous avez commis et du septième que vous vous apprêtiez à commettre...

— Mais je n'ai jamais tué personne ! Jamais ! Vous faites erreur !

— Que veniez-vous faire chez monsieur Aparadès à minuit ? Hein ?

— Mais je vous l'ai déjà dit ! J'ai reçu un message qui me demandait de me rendre chez lui et...

— Et quoi ? Arrêtez de vous foutre de nous ! enchaîna Lepage. On va pas chez les gens à minuit !

— Mais... Mais je croyais qu'il y avait quelque chose d'urgent ! Ça arrive, parfois !

— Il me tape sur les nerfs, ce type !

— Calme-toi, Thierry... Pas la peine de s'énerver. Il finira bien par nous dire la vérité. Nous, on a tout notre temps. Alors, reprenons... Vous étiez bien étudiant à l'ESCOM entre 88 et 90 ?

— Oui...

— Dans la même section qu'Emmanuel Aparadès ?

— Oui...

— Sabinc Vcrnont, dc Mérangis et Pariglia étaient aussi étudiants dans cette section. Je me trompe ?

— Non, on était tous dans la même promo...

— Sauf qu'eux ont réussi alors que vous, non... Emmanuel Aparadès était-il un de vos amis ?

— Non, pas vraiment... Il... On se voyait parfois...

— Juste après votre arrestation, monsieur Aparadès nous a indiqué qu'il était en relation avec vous pour des petits boulots. En fait, si je résume, vous avez travaillé à plusieurs reprises pour lui. Au black, bien entendu...

— Oui... Mais c'était juste pour lui rendre service !

— Quel genre de services ?
— Des bricoles...
— Des bricoles ?
— C'est moi qui lui ai retapé sa maison, avoua enfin Zamikellian.
— Ah oui ? Vous êtes maçon à vos heures perdues ?
— Disons que je me débrouille...
— Ça doit être dur, non ?
— Quoi ?
— D'avoir été étudiant dans une prestigieuse école de commerce et d'être contraint d'arrondir ses fins de mois en bricolant chez les autres... D'autant plus que monsieur Aparadès a très bien réussi, lui... Qu'il nage dans le luxe et l'argent ! Pourquoi avez-vous abandonné vos études à l'ESCOM ?
— Je... Je n'aimais pas ces études...
— Allons, Zamikellian ! Ne dites pas n'importe quoi ! J'ai sous les yeux votre dossier scolaire révélant que vous n'aviez pas le niveau et que vous avez raté les épreuves en fin de seconde année... Du coup, votre bourse a été supprimée et vous avez été viré de l'école... Dur de voir ses petits camarades réussir dans de brillantes carrières et de se voir obligé de vendre des robots ménagers !
— Y a pas de sots métiers !
— Je suis d'accord avec vous, acquiesça le capitaine avec un sourire narquois. Mais depuis trois ans, vous ne vendez plus rien du tout ; vous êtes au chômage ! Et votre femme vous a plaqué. C'est bien ça, monsieur Zamikellian ?

Il ne répondit pas, baissant les yeux.

— Répondez ! ordonna le capitaine. Votre femme s'est tirée avec votre fils, c'est bien ça ?

— Oui, c'est ça ! Mais j'ai déjà répondu à ces questions !

— C'est dur à vivre, non ?

— Évidemment que c'est dur !

Esposito ressentit un pincement au cœur. Oh oui, c'est dur ! Ça peut même rendre fou. Il sortit les lettres de son tiroir et les lui brandit sous le nez.

— Vous reconnaissez ces lettres ?

— Non ! Jamais vues !

— Nous les avons saisies chez une jeune femme dont vous êtes amoureux…

— Amoureux ? D'une jeune femme ? Mais c'est du délire !

— Allons, monsieur Zamikellian ! Elle est bien mignonne, la petite Jeanne ! ricana Lepage. Pas vraiment mon genre, mais elle est mignonne ! Vous rêviez de vous consoler du départ de votre femme dans ses bras, c'est ça ?

— Mais je ne connais pas de Jeanne ! Allez-vous enfin m'expliquer ce qu'il se passe ?

— C'est simple, dit Esposito en se levant. Vous avez tué six personnes et vous allez finir votre pauvre vie en prison… Alors, au moins, dites-nous pourquoi vous les avez tuées !

— Mais c'est faux ! hurla le prévenu en bondissant de sa chaise. J'ai tué personne, moi ! C'est une erreur judiciaire !

Lepage le rassit de force.

Esposito le nargua d'un sourire.

— Ce n'est pas encore une erreur judiciaire, monsieur ! Pour le moment, ça ne peut être qu'une erreur policière !

— Je veux voir un avocat !

Classique. Ils disent toujours ça lorsqu'ils sont à court de mensonges.

— Bientôt, monsieur Zamikellian. Vous le verrez bientôt. Comme le juge, d'ailleurs... Expliquez-moi donc ce que vous veniez faire chez monsieur Aparadès à minuit... Et, pendant que vous y êtes, expliquez-moi aussi d'où vient le rasoir que nous avons trouvé dans votre voiture... Rasoir avec lequel vous avez égorgé vos victimes, je présume...

— Mais j'ai jamais vu ce rasoir de ma vie ! s'écria le suspect avec désespoir. Je l'ai jamais vu !

— C'est évident, quelqu'un l'aura mis dans votre voiture... C'est ça ?

— Mais oui, c'est ça !

Esposito se rua soudain sur lui et le souleva de sa chaise en l'empoignant par le col de sa chemise. Il le décolla du sol et le plaqua violemment contre la cloison qui trembla sous le choc.

— Arrête de te foutre de notre gueule, connard !

Zamikellian écarquillait les yeux, n'essayant même pas de se dégager. Il cherchait seulement à respirer. Alors, Esposito le ramena sur sa chaise et se planta face à lui.

— Tu préfères qu'on t'appelle Elicius, c'est ça ?

— Je comprends rien ! gémit le prévenu. Je comprends rien du tout à ce que vous me dites... C'est dingue ! Complètement dingue...

— C'est toi, le dingue ! balança Lepage avec un rire sardonique.

Esposito ouvrit la fenêtre de son bureau et respira le calme.

La pluie continuait à tomber, sans relâche, refermant patiemment les blessures de la canicule. Le jour n'allait pas tarder à se lever et la grande cité semblait comme soulagée. En sécurité.

Le capitaine se retourna face à Zamikellian et tenta d'accrocher son regard. Pas de défi dans ces yeux. Juste de la peur. Il l'avait imaginé autrement. Plus grand, plus fort.

— Bon, reprenons, dit-il. Vous étiez bien étudiant à l'ESCOM entre 1988 et 1990 ?

— Oui. Mais putain, je vous l'ai déjà dit !

— En fait, Elicius, vous leur en vouliez d'avoir réussi là où vous avez échoué. C'est bien ça ?

Encore et toujours ce drôle de regard craintif et fuyant. On dirait presque qu'il ne comprend rien à ce que je lui raconte. C'est un sacré comédien. Mais on ne me la fait pas ! Les mêmes questions, encore et encore. Les mêmes réponses, hésitantes. Des contradictions qui finiraient par aboutir à la vérité. Aux aveux. Alterner les coups de gueule, les menaces et le calme. Voilà le secret pour les faire passer à table.

— C'est parce que vous connaissiez bien Aparadès que vous l'avez gardé pour la fin ?

— Mais quelle fin ? Quelle fin !

— Arrêtez de mentir, Zamikellian. Arrêtez d'aggraver votre cas…

Ne pas penser au sommeil, ni à la fatigue qui envahit chaque parcelle du corps. Comme une gangrène. Lui aussi est épuisé. Ses alibis ? Je vais les faire tomber. Ils n'ont aucune valeur. Le faire craquer. Même s'il est résistant. Je le serai plus que lui.

Chapitre dix-neuf

Mercredi 10 juin.
Le TER avançait vite, ce matin. À moins que ce ne soit la peur d'arriver au commissariat. La peur de savoir, de connaître la fin de l'histoire. De voir le visage d'Elicius, de croiser son regard. Ou d'apprendre sa mort.

La pluie s'était enfin arrêtée. Mais pas les larmes de Jeanne. Elle les cachait derrière ses lunettes teintées… Tant de choses à pleurer. À regretter. Mal à en mourir.

Tu as sauvé quelqu'un, Jeanne ! Souviens-toi de cela… Mais j'ai tué quelqu'un !

Combien de temps allait durer cette torture ? Combien de temps ?

Arrête de penser à lui, Jeanne ! C'est terminé. D'ailleurs, tu ne l'as jamais vu ! Tu ne sais même pas à quoi il ressemble ! Il est peut-être laid ou défiguré !… Drôles d'arguments, ceux de l'autre. Pas de quoi la consoler.

Saint-Charles se profila à l'horizon. Le soleil avait repris ses droits, un fort mistral l'ayant poussé jusqu'à Marseille. Il faisait presque froid et Jeanne frissonna en posant le pied sur le quai. Elle se retourna vers le train, le contempla quelques instants. Pas de fuite vers le métro, ce matin. Tant pis si j'arrive en retard. C'est sans importance. Plus rien n'est important. Il n'y aura pas de lettre, ce soir. Le train sera vide, désert, stérile. Comme mon cœur. Comme moi.

Elle s'avança d'un pas lent vers la gare et entra sous la verrière. En se retournant une dernière fois, elle aperçut un homme, debout près des voies. Il la regardait. Il était trop loin pour qu'elle puisse le distinguer avec précision, mais sa silhouette lui était étrangement familière ; un habitué de cette station, sans doute... Est-ce que mon sac est bien fermé ? Oui, il est fermé.

Elle repartit en direction de la salle des Pas Perdus, se retourna encore. Pour voir s'il l'observait toujours. Mais il n'était plus là. Disparu, évaporé. Emporté par le mistral. En plus, j'ai des visions. Ça s'arrange pas, ma pauvre Jeanne.

**

Esposito entra dans le bureau, salua les secrétaires et s'arrêta en face de Jeanne, pétrifiée sur sa chaise.

— Je vous offre un café ?

Ce n'était pas une charmante invitation. Plutôt un ton autoritaire qui ne souffrait aucun refus.

Jeanne, lentement, le suivit jusque dans le couloir sous le regard curieux des autres filles. Dès que la porte refermée les protégea de l'indiscrétion, le capitaine pivota vers Jeanne et resta silencieux un court instant.

— Comment ça va ? demanda-t-il.
— Ça va... Vous... Vous l'avez arrêté ?

— Oui. Il est ici depuis cette nuit. On l'a chopé devant la maison d'Aparadès à minuit et on a trouvé l'arme des crimes dans sa voiture... On a aussi saisi chez lui le papier à lettres et le stylo avec lesquels il vous écrivait...

Le sang qui se glace, l'estomac qui se tord. Jeanne hésitait entre le soulagement, la peine et la peur.

— Nous allons le placer en salle d'identification et vous allez nous dire si vous le reconnaissez...

— Mais... Je ne l'ai jamais vu !

— Depuis le temps qu'il vous suit partout comme un petit chien, vous avez dû l'apercevoir sans y faire vraiment attention... Peut-être son visage vous dira-t-il quelque chose...

— Je ne crois pas... Comment s'appelle-t-il ?

— Olivier Zamikellian...

— Connais pas...

— Venez avec moi, ordonna le capitaine.

Pas de café, en vérité. La pire des besognes. Le dégoût mêlé à l'excitation. Elle allait enfin connaître l'apparence d'Elicius, mettre un regard sur les mots.

— Il pourra me voir ? demanda-t-elle avec angoisse.

— Non. C'est une glace sans tain.

— Il... Il a avoué ?

— Non. Pas encore...

Tellement de hargne dans ce « pas encore ». Pas encore, mais je vais y arriver. Pas encore, mais je vais le briser.

Ils gagnèrent une pièce plongée dans la pénombre. Esposito fit avancer Jeanne jusque devant un grand rideau.

— Il est derrière, indiqua-t-il. Avec quatre autres gars. Dites-moi simplement si l'une de ces têtes vous parle...

— D'accord...

Il tira le rideau et Jeanne eut un mouvement de recul.

— Ils ne peuvent pas vous voir, rappela Esposito. Prenez votre temps, observez-les bien...

Elle se mit à détailler chaque prévenu, à la recherche d'un souvenir, d'une impression.

Mais aucun de ces hommes ne lui inspirait la moindre réminiscence, la moindre émotion. Laisse-toi guider par ton instinct, Jeanne. Laisse-toi guider... Mais son instinct restait muet. Rien.

Au bout de quelques minutes, elle se retourna vers Esposito, lui adressant une mimique désolée.

— Je n'en reconnais aucun, murmura-t-elle.

— Le trois ? Son visage ne vous dit rien ?

— Le numéro trois ?

— Oui, le trois... Regardez-le bien.

Elle se focalisa sur le trois. Un grand type à la mine patibulaire. Et mal rasé, en plus.

— Non, répondit-elle enfin. Je ne l'ai jamais vu... C'est lui ? C'est Elicius ?

— Non. Elicius, c'est le numéro deux...

— Le deux ? Mais alors, pourquoi...

— Pourquoi le trois ? Pour voir si vous étiez honnête...

Elle s'en trouva blessée et il s'en aperçut.

— C'est un test classique. Les gens se forcent souvent à reconnaître des types qu'ils n'ont jamais vus de leur vie, juste pour ne pas décevoir les enquêteurs...

Mais Jeanne ne l'écoutait plus. Elle dévisageait le numéro deux. Elicius. Elle ne l'avait pas du tout imaginé comme ça. Plutôt petit, un peu chétif, les épaules courbées, le regard éteint, les mains osseuses. La barbe naissante, sans doute le résultat de sa nuit en garde à vue. Il semblait perdu, déboussolé.

— Vous êtes sûr que c'est lui ? demanda-t-elle soudain.

— Oui. Pourquoi ?

— Je... Je ne crois pas que ce soit lui...

— Mais... Vous venez de me dire que vous ne l'aviez jamais vu !

— C'est vrai... Mais... Avec ses lettres, avec ce qu'il m'a dit, j'ai l'impression que je pourrais le reconnaître si je l'avais en face de moi..

— Ne soyez pas ridicule, Jeanne !

— Je... Je sais que ça peut paraître bizarre, pourtant, je suis quasiment sûre qu'il n'est pas parmi eux...

— Elicius est là, devant vous. Le numéro deux !

— Je ne crois pas, capitaine. Ce n'est pas lui, ce n'est pas sa personnalité... Si c'était lui, je le sentirais...

— Vous faites erreur, Jeanne !

Elle se concentra encore sur le numéro deux, tentant de se persuader que le capitaine avait raison. Après tout, c'était bien lui qui avait été arrêté à minuit chez Emmanuel Aparadès. En possession de l'arme des crimes.

C'était simplement son imagination débordante qui l'avait trahie. Elle avait passé des heures, des nuits, à peindre le visage d'Elicius dans ses rêves, ses cauchemars. Sur les murs et le plafond de sa chambre. Sur les façades des gares, les wagons d'un train ; sur la blancheur des roches calcaires et le bleu de la Méditerranée. Sur le rythme des rails et le défilé des quais. Dans le ciel clair et l'obscurité des tunnels. Tant d'heures passées avec lui et, ce matin, un étranger...

Un visage qu'elle n'arrivait pas à reconnaître.

— Je peux m'en aller ?

— Oui...

— Merci.

Elle posait la main sur la poignée de la porte lorsque le capitaine la prit par le bras.

— Jeanne ?

Sans tourner la tête, elle fixa la porte.

— Je... Je suis désolé si je vous ai fait du mal, hier. Je... je ne voulais pas, je vous assure... Vous savez, j'ai réfléchi et je me suis dit que vous n'aviez pas vraiment eu le choix. Vous aviez peur et...

— J'avais peur, c'est vrai. Mais il n'y avait pas que cela...

— Quoi d'autre ?

La pénombre des lieux incitait aux confessions.

Sa main sur mon bras, comme une brûlure, douce et rassurante...

— Je... Je n'ai pas l'habitude qu'on m'aime... Il... Il m'a dit des choses tellement belles, tellement touchantes... Je crois que je n'avais pas envie que ça s'arrête...

Il va se mettre en colère, il va hurler. Tant pis. Pourquoi serre-t-il mon bras comme ça ?

— Je comprends, fit-il.

Elle le regarda, interloquée.

— Je comprends, Jeanne, répéta-t-il en souriant.

— Vous vous moquez de moi, c'est ça ? s'écria-t-elle soudain en se dégageant.

— Pas du tout, Jeanne. Je sais que vous êtes mal à l'aise parce que j'ai lu les lettres qu'il vous a écrites, mais il ne faut pas... Pourquoi pensez-vous que personne ne peut vous aimer ?

— Pouvez pas comprendre... ni jolie, ni intéressante.

Elle avait murmuré cela d'une voix si faible qu'il n'avait sans doute pu entendre. Elle serrait la poignée de la porte comme pour se retenir de tomber. Il serrait son bras comme pour l'empêcher de se sauver.

— Je vous trouve très jolie... Et dotée d'une personnalité rare.

Cette fois, elle poussa la porte et s'enfuit dans le couloir. Laissant Esposito seul face à ses questions.

Une interrogation, cette fille. Et moi, qu'est-ce qui me prend ? Pourquoi je lui ai dit ça ? Je suis con ou quoi ? Il alluma une cigarette et se tourna vers les prévenus, Elicius et les autres, résultats d'une nuit d'arrestations. Des conducteurs ivres, des dealers. La faune de la nuit...

Il s'éclaircit la voix et prit le micro.

— C'est bon. Tout le monde en cellule ! Le numéro deux, dans mon bureau.

***

La pause déjeuner dans les rues de Marseille.

Jeanne se laissait guider par le mistral qui commençait déjà à faiblir, laissant présager du retour de la chaleur. Elle ne sortait jamais, d'habitude. Mais comment rester dans ce commissariat aujourd'hui ? S'éloigner le plus loin possible, ne pas risquer de croiser son regard. Marcher pour se vider la tête. Il n'y aura plus de lettres. Il me trouve jolie. Il ment, forcément.

Beaucoup de gens dans ces rues. Le cœur de Marseille ne s'arrête jamais de battre. Une vitrine de magasin en guise de miroir. Son reflet, légèrement déformé.

Elle avait mis ses lunettes teintées, détaché ses cheveux. Une jolie robe. Elle avait changé. Elle était toujours la même, pourtant. Une façade pour cacher l'indicible. Les blessures partout, les plaies qui refusent de guérir. L'horreur qui se dessine au fond de ses yeux. Il ment, c'est impossible. Il n'y avait qu'Elicius qui pouvait me trouver jolie. Il faut avoir souffert pour aimer ma souffrance, pour me remarquer. Ou même simplement pour savoir que j'existe. Lui ne peut pas. Lui ne sait pas. Pourtant, je n'ai jamais réussi à parler à quelqu'un comme je lui parle.

Une autre vitrine, toujours le même reflet. La terrasse d'un café, bondée.

Ici, on aime lézarder au soleil avant de retourner s'enfermer dans l'ambiance climatisée d'un bureau. Ici, on vit dehors, au grand jour. Même la nuit. Ici, on parle fort, pour avoir le dernier mot sur le mistral, sans doute. Ici, on rit fort, avec des gestes démesurés. On revendique son accent comme une marque de fabrique. Ici, on est dans le sud et ça s'entend.

Jeanne aurait volontiers bu un café, elle aussi. Mais se mêler à la foule, elle n'avait jamais su. Même si c'est le meilleur moyen de passer inaperçue. Comment affronter tous ces regards ennemis, blessants ? Comme s'ils pouvaient voir à l'intérieur. Est-ce que mon sac est bien fermé ? Oui, il est bien fermé. Ça ne suffit pas à me rassurer. Rien ne peut me rassurer. Il n'y avait que Michel qui savait. Une seule parole suffisait à me réconforter. À m'arracher un sourire. Un rire, même.

Depuis quand je n'ai pas ri ? Depuis qu'il est parti. Un jour glacial. Un jour de février.

***

Esposito se planta face à Solenn qui téléphonait à son petit copain. Le veinard. Elle bredouilla quelques mots, « oui, moi aussi, faut que je te laisse », puis elle raccrocha et regarda son patron avec un petit air docile. Un truc imparable.

— Je voudrais que vous me fassiez une recherche, dit-il.

— Oui, bien sûr...

— Je voudrais que vous me trouviez tout ce que pouvez sur Jeanne...

— Jeanne ? La secrétaire ?

— Exactement.

— Mais pourquoi ?

— Et pourquoi pas ?

— Tout de suite, patron...

— Et vous seriez gentille d'aller m'acheter un paquet de cigarettes...

— Oui, pas de problème...

Il repartit vers son bureau et Solenn l'interpella.

— Capitaine !

— Oui ?

— Qu'est-ce que vous voulez savoir sur elle, exactement ?

— Tout. Sa vie, son passé. Tout. Interrogez sa mère, ses voisins, ses proches. Trouvez son dossier administratif, scolaire et tout le reste.

— Mais... Qu'est-ce que je vais inventer pour mener cette enquête ?

— Je vous rappelle qu'elle va être inculpée d'obstruction à la justice, lieutenant. Ça devrait suffire comme prétexte, non ?

— Oui.

— Pour sa mère et ses proches, vous n'avez qu'à invoquer une enquête de moralité du fait de son appartenance à la police. Ça marche toujours, ce genre de truc...

— D'accord, patron. Mais ça m'étonnerait que je trouve quelque chose d'intéressant...

— Ne discutez pas, lieutenant !

— Bien patron. Je ne discute pas !

Encore son petit air soumis avec, en prime, un sourire insolent. Il regagna son bureau, fermant la porte derrière lui. Retour dans le huis clos. Depuis ce matin, la confrontation. Il résistait encore. Pourtant, Lepage et Esposito faisaient tout pour le faire craquer. Même la chaleur était de la partie, rendant ce moment plus difficile encore. Une chaise en bois, dure et inconfortable. Pas un gobelet d'eau. Les poignets menottés. Mais il résistait...

Un dur à cuire, cet Elicius.

— Reprenons, dit le capitaine en allumant la dernière cigarette de son paquet...

— Je pourrais avoir un verre d'eau ? demanda Zamikellian.

— Racontez-moi donc ce que vous veniez faire chez Emmanuel Aparadès à minuit...

Le suspect soupira et secoua la tête. Un terrible cauchemar. Je vais forcément me réveiller.

— J'ai déjà répondu à cette question cent fois... murmura-t-il.

— Eh bien, tu vas répondre une cent-et-unième fois ! martela Lepage. Qu'est-ce que tu foutais chez ce type à minuit ?

— J'ai eu un message sur mon portable... Un texto. Il me demandait de venir le rejoindre. Qu'il avait un boulot intéressant pour moi mais qu'il ne serait pas chez lui avant minuit. Que c'était urgent. Que ça ne pouvait attendre...

— Le problème, Elicius, c'est...

— Ne m'appelez pas comme ça ! implora Zamikellian.

— Le problème, monsieur Elicius, c'est qu'Emmanuel Aparadès déclare ne jamais vous avoir envoyé de message... Et qu'aucun message de la sorte n'apparaît dans votre messagerie !

— Mais je l'ai effacé ! s'écria le prévenu. Bordel ! Mais pourquoi j'ai effacé ce putain de message de merde !

— Calmez-vous, Elicius... Restez poli !

— Vous avez qu'à demander un relevé de mes appels !

— De vos appels ? Mais ce n'est pas vous qui avez appelé, non ?

— Non, mais... Il doit bien y avoir trace de cet appel quelque part !

— Vous comptez m'apprendre mon métier, Elicius ? demanda Esposito en souriant. Nous avons contacté le service compétent mais ce genre de recherches prend beaucoup de temps... Parlez-moi plutôt du rasoir retrouvé dans votre voiture... D'ailleurs, le labo m'a appelé tout à l'heure et il s'agit bien de l'arme qui a servi à tuer les six victimes...

— J'ai jamais vu ce rasoir !

— Vraiment ? Il est venu tout seul dans ta caisse, c'est ça ? ironisa Lepage.

— Ne me tutoyez pas !

— C'est vrai, Thierry ! Ne tutoie pas monsieur Elicius. Ce n'est pas parce que c'est une ordure, que tu peux te permettre des familiarités envers lui… Même les fous ont droit à de la considération…

Esposito ouvrit un dossier posé devant lui, en sortit quelques photographies. S'approchant lentement du suspect, il lui mit les clichés sous les yeux.

— Du travail d'orfèvre, Elicius ! À gerber ! Tu t'es acharné sur tes victimes, on dirait ! Ça te plaît de découper les gens en morceaux ? C'est ton passe-temps favori ? Mais peut-être que t'en avais gros sur la patate, pas vrai ?

Zamikellian vit défiler des corps sans vie, du sang, des peaux lacérées. Des anciens camarades de promo. L'horreur absolue.

Il avait envie de vomir et tourna la tête sur le côté. Mais Esposito le saisit brutalement par la nuque

— Tu vas regarder, fumier ! Affronte tes morts en face !

— Mais c'est pas moi ! hurla Zamikellian. C'est pas moi ! Arrêtez, merde ! Arrêtez !

Il se mit soudain à pleurer et le capitaine le lâcha. C'était le moment de porter l'estocade.

— Trop tard pour pleurer, Elicius ! Tu les as tués ! Massacrés ! J'ai même pas besoin de tes aveux pour t'envoyer en taule jusqu'à la fin de ta vie !

Il se pencha vers lui et changea de stratégie

— Ça te ferait du bien d'avouer, murmura-t-il. Tu verras, tu te sentiras mieux après… Tellement soulagé…

— Mais c'est pas moi ! C'est pas moi !

Esposito soupira et retourna s'asseoir derrière son bureau. Coriace, cet Elicius.

— Tant pis, dit-il enfin. J'ai toutes les preuves qu'il me faut. Pas besoin que tu t'allonges. On a l'arme du crime, le papier à lettres et le stylo... Le juge va t'enfoncer. T'es mort, Elicius. T'es parti pour perpet'...

— Ouais ! renchérit Lepage. En taule ou à l'asile !

— C'est pas moi !

Il n'avait presque plus la force de clamer son innocence. Il pleurait encore. Effondré. Égaré dans un cauchemar sans fin. Le capitaine fit un signe à son adjoint et celui-ci s'empara du prévenu.

— Fous-moi ça au trou !

Un instant plus tard, Esposito était seul dans son bureau. Confronté à une drôle d'impression. « Je ne crois pas que ce soit lui. » La voix de Jeanne. Une simple impression écrasée par les faits, les preuves. La réalité. Le dossier était en béton armé, le meurtrier hors d'état de nuire. Il eut envie d'une cigarette mais ne trouva qu'un paquet vide.

— Merde ! Mais qu'est-ce qu'elle fout !

Il passa dans la pièce d'à côté, y trouva Solenn pendue au téléphone. Encore avec l'autre.

— Lieutenant ! Raccrochez-moi ce putain d'appareil !

Elle obtempéra sur le champ, d'un air coupable.

— J'ai vos clopes, patron, dit-elle avec une désarmante mimique.

Elle lui tendit le paquet et il le lui arracha des mains.

— Désolée pour le téléphone, ajouta-t-elle.

Esposito alluma une cigarette et lui décocha un regard noir.

— Mais qu'est-ce que vous avez à lui raconter, toutes les cinq minutes ? demanda-t-il.

— Rien... C'est juste pour lui parler... Lui dire que je pense à lui.

— Ah oui ? Il en a de la chance !
— Vous trouvez ? répondit-elle d'un air mutin.
Là, elle m'allume !
— Oui, je trouve.
— Moi, je trouve que c'est votre femme qui a de la chance…
Je rêve !
— Je n'ai pas de femme !
— Vraiment ? Et… votre alliance ?
— Je… Je suis divorcé.
— Ah… Désolée, je ne savais pas.
— Pas grave.
— Pourquoi vous gardez l'alliance, alors ?
— Pour que les gamines dans votre genre me foutent la paix…
Là, je l'ai mouchée ! Elle avait perdu son petit air insolent. Elle vacillait encore de la gifle reçue. Il lui sourit et tourna les talons. Satisfait.
— Et mettez-vous au boulot, lieutenant ! ajouta-t-il en claquant la porte de son bureau.

***

L'après-midi touchait à sa fin. Le capitaine savourait ce moment de répit. Il allait enfin pouvoir s'accorder quelques jours de congé. Il venait de recevoir les félicitations du Pacha et du procureur. Des félicitations relatives : six meurtres avant l'arrestation, c'est beaucoup. Beaucoup trop. Mais l'important, c'était que le tueur soit enfin entre les mains de la justice. Aspiré dans l'infernale machine judiciaire. L'honneur de la police est sauf. Le monstre est en cage, la population va enfin pouvoir dormir tranquille. Et moi aussi !

Dommage que je n'aie pas pu obtenir ses aveux. Mais je l'ai bien cuisiné et il va peut-être craquer devant le juge.

L'équipe avait déserté les locaux, chacun ayant enfin quartier libre. Une bonne nuit de sommeil en perspective. Alors pourquoi ressentait-il une étrange appréhension ? Son instinct le trompait rarement. Et son instinct lui disait de se méfier. Quelque chose ne tournait pas rond dans cette histoire.

Il fut tiré de ses pensées par trois coups discrets frappés à la porte de son bureau.

— Entrez !

Jeanne apparut, se figeant sur le seuil. Comme si elle avait peur de déranger.

— Jeanne ?

— Je peux vous parler ?

— Oui, bien sûr… Entrez…

Elle fit quelques pas et resta debout face à lui.

— Asseyez-vous, je vous en prie…

Bizarre, sa façon de s'asseoir. Toujours sur le bord de la chaise. Comme si elle avait peur de prendre trop de place.

— Il a avoué ? demanda-t-elle.

— Non.

— Ah… Mais vous êtes sûr que c'est lui ?

Putain ! Elle va arrêter avec ça ? Elle va finir par me faire douter ! Par me porter la poisse !

— Oui, j'en suis sûr, Jeanne. On a des preuves matérielles contre lui.

— D'accord, mais…

— Mais quoi ?

— Rien… Vous avez sans doute raison… On a appris pourquoi il a fait ça ?

— Non, il n'a rien voulu dire.
— Il... Il est où ?
— Chez le juge d'instruction... Vous n'avez plus rien à craindre Jeanne.
— Et moi ? Qu'est-ce qu'il va m'arriver ? Je vais aller voir le juge, moi aussi ?

Elle semblait tellement effrayée, ça faisait mal au cœur.

— Oui, Jeanne. Vous serez convoquée par le juge. Il vous mettra certainement en examen pour obstruction à la justice mais vous laissera en liberté.
— En examen ?

Examen. Elle imagina soudain des tas de gens en train d'examiner sa conscience. De disséquer son cerveau. Sa folie.

— Mais je vais être virée, alors ?
— Virée ? Non, je ne crois pas... Vous aviez des circonstances atténuantes. Et puis, vous êtes un bon élément.
— Comment vous le savez ?
— C'est l'idée que je me fais de vous !

Il alluma une cigarette et lui tendit le paquet.

— Non, merci, je ne fume pas...
— Vous avez raison, ça coûte la peau du cul et ça fracasse les poumons !
— Alors pourquoi vous fumez ?
— Ben... J'en sais rien ! C'est l'habitude, sans doute... Ça me calme !

Des secondes silencieuses qui les rapprochèrent encore. Mais, sur son visage à elle, les angoisses, comme des ombres...

— Qu'est-ce qui ne va pas, Jeanne ?

— Je sais pas... J'aurais aimé savoir pourquoi il a fait ça... Pourquoi il a tué tous ces gens...

— Moi aussi, avoua le capitaine d'un ton désabusé. Moi aussi... Mais nous le découvrirons sans doute un jour ou l'autre... À votre avis ?

— Hein ?

— D'après vous, pourquoi a-t-il commis ces meurtres ?

— Je n'en ai pas la moindre idée... Ces gens lui avaient fait mal, très mal... Il s'est vengé, tout simplement...

— Tout simplement ? répéta Esposito. Vous en parlez comme si vous lui pardonniez ces actes ignobles ! Je vous rappelle qu'il s'agit de six meurtres odieux !

Un silence encore. Plus long que le premier. Qu'est-ce qu'il se passe dans sa tête ? À quoi elle pense ? Pourquoi a-t-elle toujours l'air aussi triste ?

— Ça vous dirait d'aller boire un truc frais ? proposa-t-il soudain. Il fait chaud, non ?

— Il faut que j'aille à la gare prendre mon TER... Je suis en retard, je vais rater le 17 h 36...

— Vous prendrez le suivant ! Je vous emmène en voiture, il y a un café sympa près de la gare... Comme ça, vous serez sur place...

Il se leva, prit son arme dans le tiroir de son bureau et les clefs de sa voiture. Mais Jeanne restait curieusement assise sur sa moitié de chaise.

— Alors, vous venez ? On va fêter ça !

Fêter quoi ? La trahison ne se fête pas. La douleur non plus.

Ils quittèrent le commissariat. Jeanne serrait son sac contre elle. Le parking souterrain, la voiture. Pas un mot échangé.

Marseille, son soleil, sa joyeuse pagaille, ses mauvais conducteurs. Toujours pas un mot…

Le capitaine gara la voiture en double file, non loin de la gare et baissa le pare-soleil où était inscrit « Police » en bleu.

Jeanne le suivit, la main crispée sur l'anse de son sac, jusqu'à la terrasse bondée et bruyante d'une brasserie. Il avait déjà choisi la table et l'invita à s'asseoir.

— Ici, ça vous convient ?

Pas de réponse. Elle a vu un fantôme ou quoi ?

— Ça vous convient ?

— Trop de monde…

Mais pourquoi parle-t-elle aussi doucement ? On dirait toujours qu'elle a peur de réveiller quelqu'un.

— Pardon ?

— Trop de monde…

Allons bon ! Ce qui aurait dû être un plaisir semblait une torture.

— Avec cette chaleur, pas évident de trouver une terrasse où y' a dégun[1] ! lança-t-il sur le ton de la plaisanterie.

Mais elle refusait toujours de sourire. De glace malgré la canicule.

— Vous ne vous sentez pas bien ?

— Trop de monde…

— Oui, ça, j'avais compris ! Vous savez, faut apprendre à combattre ce genre d'appréhension… Sinon, ça va vous pourrir la vie…

— J'y peux rien…

— Mais si ! Qu'est-ce que vous voulez boire ?

1. Dégun : personne.

Le serveur arriva, passa un coup de chiffon humide sur la table en marbre et y déposa un cendrier propre.

— Bonjour, m'sieur-dame ! Qu'est-ce que j'vous sers ?

— Un demi, bien frais. Et vous, Jeanne ?

— La même chose...

Elle n'avait pas pris le temps de réfléchir, cerveau paralysé par la peur. Elle en avait oublié qu'elle n'aimait pas la bière.

Le garçon était déjà parti et elle continuait à épier autour d'elle, comme si elle craignait une attaque surprise. Le capitaine préféra se taire un moment et l'observa tandis qu'elle, observait la foule.

Calme-toi, Jeanne. Il fait beau, tu es avec le capitaine Esposito en personne, alors profites-en.

Petit à petit, elle sembla se détendre. Esposito avait-il le don de la rassurer ?

Les bières arrivèrent, fraîches et ambrées. Le capitaine étancha sa soif.

— Vous connaissez l'ESCOM ? fit-il soudain.

Jeanne tressaillit et détourna la tête.

Oui, c'est une école de commerce...

— Vous y êtes allée ?

— Non.

— Mais vous connaissez quelqu'un qui y a fait ses études ?

— Oui.

Heureusement que poser des questions, c'est mon métier ! Parce qu'avec elle, c'est pas gagné !

— Qui ? interrogea-t-il encore.

— Michel...

— Et qui est Michel ?

— Je n'ai pas envie d'en parler.

Message clair. Sans appel. De toute façon, je finirai bien par savoir.

— OK... Comme vous voudrez... Je vous demandais ça, parce que les meurtres ont un rapport avec l'ESCOM...

Elle le regarda enfin et enleva même ses lunettes. Du coup, ce fut lui qui se sentit légèrement mal à l'aise. Pas à dire, ces yeux lui faisaient de l'effet.

— Vous en êtes sûr ?

— Oui. Toutes les victimes sont d'anciens étudiants de l'ESCOM ou petites amies d'étudiants... Et le tueur a aussi fait un passage là-bas..

— Ah...

Elle remit bien vite ses lunettes, troublée. Michel. Lui aussi était allé là-bas.

Simple coïncidence, sans doute. Ne pense pas à Michel, Jeanne ! Par pitié, pas maintenant ! Sinon, tu vas faire fuir Esposito !

— C'est un ancien petit ami ?

— Pardon ?

— Michel, c'est un de vos ex ?

Un de mes ex ! Comme si je les collectionnais ! S'il savait...

— Je viens de vous dire que je n'avais pas envie d'en parler ! rétorqua-t-elle froidement. Vous m'avez amenée ici pour un interrogatoire, capitaine ?

Il sourit, un petit air coupable sur le visage. Qu'il est beau, songea Jeanne. Mon Dieu qu'il est beau !

— Non, dit-il. Ça me fait plaisir d'être avec vous...

Il ment. Il voulait juste me questionner... Un mec comme lui ne peut s'intéresser à moi... Impossible... impensable. Pourquoi il me regarde comme ça ? On dirait que... Non, impossible, impensable.

— Vous me plaisez, Jeanne.

Il fut surpris par ses propres paroles. Il se l'était caché à lui-même, il venait à peine de se l'avouer. À voix haute.

Et pour Jeanne, un choc violent, une lance en plein cœur. Une agression, presque. Elle ne le quittait pas des yeux, elle ne respirait plus. Il ment ! Il ment ! Défends-toi !

Mais la seule défense qu'elle connaissait, c'était la fuite. Elle prit son sac et quitta la table avec une rapidité prodigieuse.

Esposito n'eut même pas le temps de l'appeler, un instant médusé par la violence de sa réaction. Il chercha de la monnaie dans ses poches et partit à sa recherche. Elle allait forcément à la gare. Mais il y avait tant de monde à la gare... Pas de problème, il suffisait de trouver le bon quai.

Il monta l'escalier monumental en courant, entra dans la grande salle. Devant le tableau des départs, il repéra le Marseille-Miramas : voie N, départ dans moins de cinq minutes.

Il hésita un instant. À quoi ça sert que je lui coure après ? Elle est folle, de toute façon ! Peut-être. Mais il se mit quand même à courir.

Elle était là, assise sur un banc, orientée vers l'autre côté. Alors, il s'approcha lentement. Le TER entrait en gare, il aurait peu de temps. Mais peu de temps pour quoi ? Que fallait-il lui dire ? Ou ne pas lui dire ?

— Jeanne ?

Elle se leva d'un bond et le scruta avec angoisse.

— Qu'est-ce qui vous a pris ?

— Laissez-moi tranquille ! marmonna-t-elle d'une voix menaçante.

— Je... On pourrait peut-être en parler...

Elle guettait la rame qui s'avançait, l'issue de secours, l'échappatoire.

— Vous ne voulez pas vous asseoir un moment ?

— Mon train est là...

— Il y en a un autre dans vingt minutes... Vous pouvez bien m'accorder vingt minutes, non ?

— Vous avez encore des questions à me poser, c'est ça ?

— Des questions ? Non ! Je vous assure ! Je... J'ai été franc avec vous, je ne voulais pas vous faire fuir...

Les portes s'ouvrirent et Jeanne se précipita à l'intérieur du dernier wagon, abandonnant le capitaine sur le quai.

Elle s'assit à la première place libre, pressant son sac contre elle.

Envie de pleurer, de crier. Ses mains se crispaient, ses jambes bougeaient nerveusement. Elle serrait les mâchoires si fort que ses dents allaient exploser.

Elle tourna la tête et vit qu'Esposito était encore là. Échoué sur le banc, une cigarette à la main. Le regard perdu dans le néant. Il semblait si triste, si meurtri. Et si tu te trompais, Jeanne ? S'il ne mentait pas ? Mais qu'est-ce que je dois faire ? Qu'est-ce que je dois faire ?

L'instant d'après, le train était parti.

Sans Jeanne.

— Capitaine ?

Il leva la tête et l'aperçut, en contre-jour. Sa robe flottait dans le vent, comme ses cheveux. Elle avait enlevé ses lunettes, elle le regardait.

Qu'elle est belle !

— Je suis désolée, murmura Jeanne. Excusez-moi.

Il écrasa sa cigarette et se remit debout.

— Je ne sais pas ce qui m'a pris, inventa-t-elle. Je… J'ai… J'ai cru que vous me mentiez, juste pour que je réponde à vos questions… C'est pas ça, n'est-ce pas ?

— Non, c'est pas ça… J'aurais dû être moins direct. Vous… Vous voulez une autre bière, dans un endroit plus calme ?

— J'aime pas la bière.

— Ah bon ? Mais…

Il souriait enfin. Elle aussi.

— Autre chose, alors ?

— Oui, autre chose. Si… Si vous avez le temps, bien sûr.

— J'ai tout mon temps, Jeanne.

Nouveau départ. J'ai bien fait de descendre de ce train.

Maman va être inquiète, il faut que je coupe mon portable. Mais elle s'en fout de moi. Elle a peur de rester seule, c'est tout. C'est pour ça qu'elle veut que je sois à la maison. Ça la rassure, rien d'autre. J'ai bientôt trente ans, je peux rentrer à l'heure que je veux.

— Étant donné que je vous ai fait rater votre train, je vous raccompagnerai chez vous, proposa Esposito. Si ça ne vous dérange pas, bien sûr !

— Ça ne me dérange pas…

Maman va me faire une scène. Elle va hurler, pleurer. Où tu étais ? Et avec qui ?

Ils quittèrent la gare et trouvèrent refuge dans un salon de thé climatisé, presque désert. Deux boissons fraîches, sans alcool. Et un long silence. Ils se jaugeaient, intimidés. Ils hésitaient à franchir le pas…

Contre toute attente, ce fut Jeanne qui attaqua la première. De façon abrupte.

— Vous êtes marié ?
— Je l'ai été.
— Elle est morte ?
Morte ? Quelle drôle d'idée !
— Non ! Nous sommes divorcés.
— Alors pourquoi l'alliance ?
— J'en sais rien. Je... Pour tromper l'ennemi !

Si seulement elle pouvait me prendre la main. J'ose plus rien faire, elle pourrait se sauver, une fois encore. Faut pas que je bouge, faut pas que je lui fasse peur...

Jeanne avait cessé de fuir. Elle le dévorait des yeux. Pourtant, le doute la rongeait encore, une question lui brûlait les lèvres... Une bonne inspiration et, enfin, elle se libéra.

— C'est vrai que je vous plais ?

Discussion hors du commun. Pas de fioritures, pas de chemins détournés. Droit au but.

— Oui, beaucoup.
— Pourquoi ?
— Pourquoi ?

Rien n'est simple, avec elle. Elle va me rendre fou.

— Parce que... Vous n'êtes pas comme les autres. Vous êtes... différente.

Quel idiot ! C'est pas ça qu'elle veut entendre !

Jeanne posa sa main sur la table juste à côté de celle de Fabrice.

Quelques millimètres de séparation. Reste calme, Jeanne. Tu vas y arriver ! Tu dois y arriver ! Allez ! Prends sa main ! Mais qu'est-ce qu'il va penser ? Qu'est-ce qu'il va se passer ? Et maman qui m'attend. Qui doit déjà être dans tous ses états ! Allez, Jeanne ! Oublie ta mère et prends sa main ! Prends sa main !

— Et moi, je vous plais ? demanda-t-il en souriant.

C'est le moment, Jeanne ! Ne laisse pas passer ta chance !

— Oui, répondit-elle doucement.

Le cœur d'Esposito se mit à palpiter. Tout allait si vite... Il avait envie de l'embrasser, de la serrer contre lui. Il était heureux. Comme un gosse. Sauf qu'il ne comprenait pas. Pourquoi elle ? Solenn était dix fois mieux !

— Mais j'ai déjà quelqu'un, ajouta soudain Jeanne en éloignant sa main. Je ne suis pas libre. C'est impossible. Vous comprenez ?

Douche froide ! Fabrice ferma les yeux sous le coup qu'il venait de recevoir.

— Oui, je comprends, dit-il.

Il cacha sa déception du mieux qu'il put. Ça faisait drôlement mal, finalement. Plus qu'il ne l'aurait pensé. Étrange, ce sentiment qui lui tombait dessus sans prévenir. Cette fille, il ne la connaissait même pas ! Ou si peu... Mais n'était-ce pas son mystère qui la rendait si attirante ? Ce désespoir qui savait la rendre belle ? Son côté animal sauvage traqué, peut-être. Il cessa de chercher une explication à sa douleur. Il aurait voulu qu'elle prenne sa main. Simplement. Mais elle venait de refermer son cœur, de se retrancher dans sa forteresse. *J'ai déjà quelqu'un...* Elle mentait, il le savait.

Pourquoi ? Ça, il ne le savait pas.

Chapitre vingt

Une belle journée, ce vendredi. Un soleil radieux mais une chaleur supportable. Le capitaine s'était accordé un jour de congé dont il avait passé une partie à bricoler sur son bateau mouillé à Marseille. Un rafiot minable qu'il retapait depuis des années. Un vieux rêve, en somme...

En milieu d'après-midi, il avait quitté le port pour venir chercher sa fille à la sortie de l'école. Un vrai week-end s'annonçait, en tête à tête avec sa petite princesse. Quelques jours rien que pour eux deux. Sans urgence, sans travail.

Assis à la terrasse d'un bar, juste en face du portail de l'école, il buvait un café en fumant une cigarette. Dans une petite heure, elle allait sortir et il était heureux. Ou presque...

Quelque chose lui faisait mal ; quelque chose d'indéfinissable, de flou. Jeanne, sans aucun doute. Il avait beau se répéter que cette fille était sans importance, il ne pouvait cesser de penser à elle. Presque contre son gré. Il y avait si longtemps qu'il n'avait pas été ému par une femme, qu'il n'avait pas ressenti ce drôle de saignement au cœur. Allez ! Faut l'oublier, maintenant ! Des nanas, je peux en avoir d'autres ! Et puis, je vais passer un super week-end avec ma fille, je vais l'emmener au cinoche, lui offrir une balade en mer. Elle me racontera ses petits secrets, ses rêves d'enfant. Les histoires de ses copines. Elle me fera un ou deux caprices, pas bien méchants. C'est ça, qui compte. Qu'elle soit heureuse de retrouver son père. Jeanne n'a pas eu de père, elle. Ça y est, je pense encore à elle...

Le ciel s'était couvert, à présent. Il pleuvrait ce soir. Son portable sonna et il quitta les nuages : c'était le commissariat. Il soupira et accepta l'appel.

— Patron ? C'est Solenn...

— Je suis en congé, lieutenant... Vous vous rappelez ?

— Oui, je sais... Désolée de vous déranger, mais j'ai les infos que vous m'avez demandées...

— Les infos ? Quelles infos ?

— Sur Jeanne... J'ai pensé que vous voudriez connaître les résultats mais si je vous dérange, on verra ça lundi...

— Non, allez-y, je vous écoute...

— Je vous préviens, sa vie, c'est un peu *les Misérables* !

— Allez à l'essentiel, Solenn !

— D'accord... Vingt-huit ans, pas mariée... Vit encore chez sa mère, à Istres... Son père s'est barré peu de temps après sa naissance. Elle ne l'a pas connu...

— Elle est fille unique ?

— Non. Elle avait un frère aîné...

— Avait ?

— Oui, il s'est suicidé quand elle avait treize ans... Depuis ce jour-là, sa mère s'est arrêtée de travailler parce qu'elle est tombée en dépression...

— Comment s'est-il suicidé ?

— Il s'est pendu... C'est Jeanne qui l'a trouvé en rentrant de l'école...

— Mon Dieu !

— Ouais, je vous avais prévenu, c'est pas très gai !

— Continuez...

— Eh bien, ensuite, la petite Jeanne a fait trois ou quatre séjours en hôpital psy... D'après sa mère, elle est schizo... C'est une barjo, quoi !

— C'est tout ? coupa Esposito d'une voix tranchante.

— Heu oui... Elle a eu son bac, a fait deux ans de fac. Ensuite, elle a réussi le concours de la police et elle est arrivée chez nous il y a environ un an... Voilà. Sinon, des trucs sans importance... Je laisse le dossier dans le tiroir de votre bureau, comme ça, vous le lirez lundi...

— On sait pourquoi son frère s'est suicidé ?

— Non, pas vraiment. Il n'a rien laissé. Ni lettre ni explication. La mère m'a dit qu'il était dépressif... Ça doit être de famille ! Une tare héréditaire !

— OK... Merci, Solenn...

Il raccrocha et commanda un deuxième café. Puis il regarda sa montre : encore une demi-heure à attendre. En pensant à Jeanne, bien sûr. Blessée, trop profondément pour guérir peut-être. Il secoua la tête, comme si cela pouvait suffire à l'ôter de son esprit...

Son portable se manifesta à nouveau.

— Et merde !

Il décrocha.

— C'est moi... La voix du fidèle Lepage.

— ... Désolé de te déranger, mais j'ai un gros problème... Faut que tu viennes.

— Quel problème ?

— Un autre cadavre...

— Comment ça, un autre cadavre ?

— Ben... Faut que tu viennes à l'ESCOM... Grangier s'est fait dessouder !

Le capitaine faillit lâcher son téléphone.

— Quoi ? s'écria-t-il.

— Il a été tué dans les sous-sols de l'école. Faut que tu viennes, Fabrice...

Esposito resta silencieux quelques secondes. C'était forcément un cauchemar. Tout se mélangeait dans sa tête, Zamikellian, Grangier, Jeanne. Elicius.

— J'arrive, dit-il enfin.

Il raccrocha puis composa le numéro de son ex-femme tout en cherchant de la monnaie dans sa poche.

— C'est moi, Fabrice... Faut que tu viennes chercher la petite à l'école...

— Mais je croyais que tu t'en chargeais !

— Oui, mais j'ai une urgence... Je suis obligé d'aller sur place...

— Comme toujours !

— Écoute, c'est pas le moment !

— C'est jamais le moment avec toi ! Elle va être déçue, tu sais !

— Je dois te laisser... Dis-lui que je passerai la prendre demain matin. Salut...

— Salut...

Il régla l'addition et partit en courant vers sa voiture. Je le sais, qu'elle va être déçue ! Pas la peine de me le balancer en pleine gueule ! Si elle croit que ça m'amuse !

Il grimpa dans sa voiture, mit la sirène en marche. Tout au long du trajet, il tenta de se rassurer ; le meurtre de Grangier n'avait peut-être rien à voir avec Elicius. C'était peut-être une autre affaire, une horrible coïncidence ? Impossible que j'aie commis une telle erreur. Impossible que j'aie envoyé un innocent en taule. Que le véritable tueur soit toujours en liberté. Impossible ! Et pourtant, je savais que quelque chose ne tournait pas rond dans cette affaire.

***

— Putain, c'est pas vrai ! lâcha Esposito
— On est dans la merde, confirma Lepage.

Ils regardaient sans trop y croire le cadavre de Grangier, le directeur de l'ESCOM en personne, retrouvé mort dans les sous-sols de sa chère école.

À genoux contre un mur, les mains liées dans le dos. La gorge tranchée. Le médecin légiste livra ses premières conclusions.

— Il a été tué il y a moins de deux heures, annonça-t-il.

— Putain, on est dans la merde ! répéta Lepage. C'était pas Zamikellian... Ce fou s'est bien foutu de nous !

Esposito restait pétrifié face au corps sans vie. Tout s'écroulait, il ne comprenait plus. Et, soudain, son cerveau se remit à fonctionner.

— Merde ! s'écria-t-il.

Il regarda sa montre : 17 heures.

— Qu'est-ce qu'il se passe ? demanda Lepage avec inquiétude.

— Jeanne !

Chapitre vingt et un

Jeanne monta dans le train, la main crispée sur son sac. Elle s'assit à sa place, même si n'importe quelle autre place pouvait convenir, désormais. Même si cette place lui rappelait trop de choses. Trop de lettres, trop d'amour.

Il n'y avait pas grand monde dans le wagon, ce soir. Quelques habitués, quelques inconnus. Le train quitta Saint-Charles et Jeanne posa son sac à ses pieds. Elle n'avait pas apporté de roman, elle allait s'ennuyer. Elle pensait à Elicius, elle pensait au capitaine Esposito. Deux êtres que tout séparait ; tout, sauf elle. J'ai été tellement nulle, avant-hier. Tellement nulle ! J'aurais dû lui dire que je le trouvais beau, que j'avais envie de vivre quelque chose avec lui… Si t'étais pas si conne, ma pauvre Jeanne ! Tu t'es comportée comme une gamine de quinze ans ! Morte de peur, Jeanne !

Les murs, les tags, la chaleur lourde avant l'orage. La lumière grise qui filtrait au travers des nuages déjà épais. Un train d'enfer. Elicius, encore. Oublie-le, Jeanne ! Il est en prison, là où est sa place !

Le train prenait de la vitesse. Jeanne, mélancolique, sombrait doucement. Son visage se reflétait dans la vitre sale. Qui es-tu, Jeanne ? De quoi es-tu capable ? Fuir, trahir, mentir. Voilà tout ce dont je suis capable. Jugement brutal et sans appel... Les mots d'Elicus vinrent à son secours. Si beaux, si touchants. Ces mots qu'elle ne lirait plus...

Instinctivement, elle glissa sa main à droite du siège pour éprouver le vide. Mais ses doigts effleurèrent quelque chose de familier. Non ! C'est pas possible ! Paniquée, elle enleva tout de suite sa main. Comme si elle venait de se brûler. Non ! C'est pas possible ! Elle tremblait, maintenant. Mais il fallait qu'elle en ait le cœur net. Alors, elle prit l'enveloppe. Toujours la même. La même écriture sur le même papier. D'un geste mal contrôlé, elle déplia l'unique feuille. Seulement quelques lignes. Quelques mots qui allaient forcément changer le cours de sa vie.

« Vendredi, le 12 juin,

Jeanne,

Il y a des choses irréversibles. Des blessures inguérissables. Vous étiez ma seule source de vie et d'espoir. La seule personne qui comptait. Mais je devais savoir si je pouvais avoir confiance en vous. Savoir si vous m'aimiez autant que je vous aime. Il fallait que je sache, Jeanne. Et maintenant, je sais. Je sais à quel point votre trahison m'a fait mal. À quel point elle a brisé mes derniers espoirs.

J'ai tué sept bourreaux.

Sept sur huit, Jeanne.

Notre rencontre aurait dû être la plus belle. Pour vous, elle sera la dernière.

Elicius. »

Jeanne retenait ses cris, sa peur. Ce n'était pas lui qui était tombé dans le piège : c'était elle. L'amour devenu haine, le temps était venu de payer le prix de la trahison.

Sept sur huit, Jeanne...

Elle ferma les yeux et se vit morte. Il viendrait cette nuit, chez elle. À moins qu'il ne l'attende sur le quai, à l'arrivée. Peu importe où et quand. *Sept sur huit...* Mais après tout, elle méritait ce châtiment. Et soudain, elle sentit que quelqu'un prenait place à ses côtés. Lui, déjà. Son cœur se crispa une dernière fois et, curieusement, la peur s'en alla doucement. La mort, ce n'est pas si grave. Pas si terrible, quand c'est la sienne. De toute façon, elle n'était bonne à rien. Morte depuis longtemps, déjà.

Alors, elle rouvrit les yeux.

Il était là, assis à côté d'elle.

C'était lui, elle le savait. Ce visage, elle le connaissait. Effacé depuis longtemps. Enseveli sous une tonne de mauvais souvenirs.

— Bonsoir, Jeanne...

— Bonsoir...

— Vous savez qui je suis, n'est-ce pas ?

— Oui, je le sais.

— Et la raison de ma présence ?

— Je... Je regrette de vous avoir trahi... Mais je n'avais pas le choix. Je ne pouvais pas laisser mourir cet homme...

— Rien à foutre de lui ! Un pauvre type sans importance. Je n'ai jamais eu l'intention de le tuer...

— C'était juste pour moi ? Pour me tester ?

— J'avais besoin de savoir.

— Vous ne m'avez pas laissé le choix... Vous ne m'avez laissé aucune chance...

— Si, Jeanne. Vous pouviez me suivre. Vous pouviez me croire…

Le TER s'arrêta en gare de l'Estaque. Jeanne tourna la tête vers le quai. Appeler au secours ? Personne n'entend jamais les appels au secours. Pendant des années, elle avait appelé, en vain. Personne jamais ne répond. Alors, à quoi bon essayer encore ? La mort sera peut-être douce.

— Vous savez, je me suis occupé du septième cet après-midi… Le pire de tous, sans doute…

Elle oublia de respirer.

— Qui ?

— Grangier, le directeur de l'ESCOM…

— Expliquez-moi, s'il vous plaît… J'aimerais comprendre…

Elle l'observa tandis que le train repartait. Tant de douleur dans ces yeux. Sur ce visage. Il avait dû être beau, mais il était défiguré par la souffrance. Ses mains étaient pleines de cicatrices, de traces de brûlures.

Elle le connaissait, elle en était certaine. Mais pourquoi n'arrivait-elle pas à rassembler ses souvenirs ?

— Vous ne me reconnaissez pas, n'est-ce pas Jeanne ?

— Non, je ne vous reconnais pas… Pourtant, je suis certaine de vous avoir déjà vu… Souvent, même. Expliquez-moi…

— Vous expliquer ? Vous n'avez donc pas compris ?

— Non.

— Tous ces gens, tous ceux qui sont morts vous ont pourtant fait tant de mal, Jeanne !

— Michel ?

— Oui, Michel.

Elle ferma les yeux. Sous le choc.

— Michel était mon ami, reprit Elicius. Le meilleur et le seul véritable ami. Comme un frère...
—Vous êtes... Vous êtes...
Si longtemps qu'elle ne l'avait pas vu... Même son regard avait changé. Elle ne se souvenait plus de son prénom ; juste qu'il avait été l'ami fidèle. Un jeune homme idéaliste et plein de vie. Elle en avait été amoureuse, gamine.
Et elle le reconnaissait à peine aujourd'hui.
— J'ai changé, n'est-ce pas ?
—Tellement...
À partir de cet instant, ils plongèrent dans un affreux silence.
Tant d'images revenaient, si vite, si violentes. Des questions aussi. Mais Jeanne n'osait pas les poser.
— Nous descendrons à la prochaine station, dit soudain Elicius. Ma voiture est garée là-bas.
— Où allons-nous ?
Il ne répondit pas. Alors, elle prit son sac et le serra contre elle. Il était fermé. Elle entendait son portable qui sonnait. Esposito qui la cherchait, sans doute. Qui voulait la prévenir du danger. Trop tard. Impossible de reculer, de fuir. Elle avait trahi Elicius, elle avait trahi Michel.
La gare de Niolon se présenta, il se leva.
— Venez, ordonna-t-il en prenant sa main.
Elle ne chercha pas à résister et le suivit jusqu'au quai. Puis jusqu'à son véhicule. Sans dire un mot, sans protester. La tête vide ou trop pleine. Il démarra et ils quittèrent le parking. Au moment où les premières gouttes de pluie tombaient. Où une voiture de police arrivait. Jeanne aperçut le visage du capitaine, lointain. Mais lui ne l'avait sans doute pas vue. Trop tard.

Souffrirait-il de sa mort ? Elle préféra se dire que oui. Ça la rassurait un peu.

Début d'un voyage hors du réel, hors du temps. Destination de mort et de vérité. Rejoindre Michel. Depuis le temps qu'elle en rêvait...

Ils s'arrêtèrent près d'une plage désertée pour cause de pluie. Il sortit, elle resta pétrifiée sur son siège.

Alors, il ouvrit la portière et lui donna la main, comme pour l'encourager. Ils descendirent sur les rochers, jusqu'à atteindre une petite crique où les galets étaient encore chauds. Ils s'assirent sur une bande de sable, tout près de l'eau, et replièrent tous deux leurs jambes. Face à quelque chose d'immense, les yeux noyés dans l'horizon pâle, la peau mouillée par l'averse tiède à laquelle ils ne prêtaient même pas attention.

Un meurtre romantique, est-ce que ça peut exister ? Une mort romantique, voilà ce que je voudrais.

— Vous aimez Esposito ? demanda soudain Elicius.
— Oui...

Elle n'avait même pas réfléchi. Elle avait dit oui, alors qu'il aurait fallu dire non. Mentir, encore. Mais elle n'avait pas envie de lui mentir. Le trahir une seconde fois. Oui, j'aime Esposito. Mais ça ne sert à rien. Parce qu'il est normal, comme on dit. Alors, ça ne peut pas marcher.

Mais elle avait répondu oui et vit exploser la douleur dans les yeux d'Elicius. Comme un torrent de lave sur une terre noire.

— Mon visage vous fait peur, Jeanne ?
— Non.
— Vous mentez ! Vous mentez parce que vous avez peur de moi !
— Peur de vous ? Non. Je n'ai pas peur.

Il sembla surpris. Et la lave quitta ses yeux sombres.
— Ce sont eux qui m'ont défiguré…
— J'aimerais savoir, Elicius. J'aimerais comprendre pourquoi tout cela est arrivé…
— Michel ne vous en a jamais parlé ?
— Non…
— Lorsque… Lorsque nous sommes entrés à l'ESCOM, en 89, Michel et moi étions inséparables…
— Je m'en souviens… Il était si content d'avoir décroché cette bourse ! Si fier d'intégrer cette école…
— Oui, nous étions fiers, c'est vrai. Nous n'avions pas un sou et pourtant, nous avions réussi l'impossible : être étudiants dans la prestigieuse ESCOM !
— Que s'est-il passé ?
— Nous n'étions pas les bienvenus, là-bas. Obligés de bosser le week-end pour payer nos études, différents de la plupart des autres étudiants… Dès le mois d'octobre, les ennuis ont commencé… Les anciens ont voulu nous intégrer…
— Vous intégrer ?
— Ça veut dire bizuter… Michel et moi avons refusé de nous soumettre à ce rituel infâme… On a réussi à y échapper… Les autres s'y sont tous pliés ; ils ont tout subi, même le pire ! Et Grangier fermait les yeux… mieux, il donnait sa bénédiction ! Les secondes années avaient subi ça en 88 alors c'était à notre tour d'en baver !
— Mais… Vous avez refusé, c'est bien ça ?
— Oui… On n'était pas venu là pour se faire humilier ! C'était… Ce qu'ils ont fait endurer à nos camarades était tellement ignoble… Une barbarie qu'on ne peut même pas imaginer… Certaines filles ont été obligées de se plier à leurs fantasmes, les mecs ont été

traités comme des esclaves... Mais nous, ils nous réservaient une place à part. On avait refusé de se soumettre ? Alors, on allait nous casser ! Nous briser ! Nous détruire !

Sa voix avait changé. Jeanne évitait de le regarder, fixant la mer où le portrait de Michel se dessinait dans un halo de lumière. Michel le délicat, le fragile, le sensible...

— Ils nous ont d'abord mis à l'écart tous les deux... On était exclu du groupe. Le directeur nous a même convoqués pour nous reprocher notre comportement gênant vis-à-vis de la bonne marche de l'école !

— Un comportement gênant ?

— Oui... Il faut savoir se plier aux règles, nous a-t-il dit. Savoir obéir aux aînés et s'intégrer au groupe...

Il se leva et traça des cercles dans le sable avec ses pieds. Il contenait difficilement sa colère. Sur son visage, des rictus nerveux. Et ses poings, serrés.

— Nous n'avons pas cédé mais notre vie est devenue un enfer... Personne ne nous parlait, les profs nous méprisaient. Des insultes, des lettres anonymes, des menaces... Et puis un jour, ou plutôt une nuit, ils sont venus nous chercher à l'internat... Ils étaient quatre. Marc de Mérangis, Bertrand Pariglia et deux autres..

— Deux autres ?

— Deux qui sont morts, depuis. Dans un accident de voiture. Comme si le destin avait décidé de se venger bien avant moi... Ils nous ont emmenés dans les sous-sols de l'école, au beau milieu de la nuit... Il y avait leurs copines aussi : Sabine, Sandra, et les autres Le comité d'accueil au grand complet ! Et. Et cette nuit a été un cauchemar... Je...

Il n'arrivait plus à parler. Jeanne le considérait avec compassion. Les yeux emplis de ses nouvelles larmes. Michel, je ne savais pas ce que tu avais subi ! Je ne savais pas qu'ils t'avaient fait du mal ! Mais pourquoi tu ne m'as rien dit ? Pourquoi ?

— Que... Que vous ont-ils fait ? demanda-t-elle d'une voix à peine audible

Il fallait qu'elle sache. Aller au bout de l'horreur une deuxième fois. Comprendre enfin pourquoi il était parti. Pourquoi il l'avait abandonnée.

— Ils nous ont fait le pire, murmura Elicius. Vous ne pouvez même pas imaginer...

— Mais je ne veux pas imaginer ! s'écria-t-elle. Je veux savoir ! Je veux savoir !

Elle se leva à son tour, l'attrapa par le bras et le secoua violemment.

— Je veux savoir !

Il se dégagea nerveusement.

— Je veux savoir ! implora-t-elle.

— Ils nous ont obligés à rester à genoux pendant des heures, confessa-t-il. Les mains attachées derrière le dos... Ils nous avaient déshabillés, bien sûr... Ils nous ont torturés toute la nuit... Des coups, des brûlures... Ils... Le reste, je peux pas le raconter. C'est trop dur...

Jeanne ferma les yeux. Son imagination dépassait peut-être la réalité. Peut-être pas. Michel, son frère, son sang, avait été la victime de ces monstres. Du plus atroce des crimes.

Elle se mit à trembler, tomba sur le sable et se recroquevilla.

— Nous sommes allés voir Grangier, mais il a menacé de nous expulser... Et puis, Michel ne voulait pas porter plainte... Il ne voulait pas que quelqu'un apprenne ce que nous avions subi. On avait honte, on était détruit... Mais ça ne leur suffisait pas, alors ils ont recommencé, une nouvelle fois... Une nouvelle nuit, pire que la première... Et une troisième... On vivait dans la peur, dans la terreur... Si on parlait, on menaçait de s'en prendre à nos familles... De toute façon, on n'aurait pas parlé... On ne parle pas de ces choses-là... On a trop honte pour pouvoir parler. Alors, pourquoi se seraient-ils privés de leurs nouveaux jouets ?

Il commença à faire de grands gestes. Comme s'il répétait une pièce de théâtre dans ce décor grandiose. Le visage assailli par des tics féroces. Un bien mauvais scénario.

— Grangier les incitait à nous casser ! Il disait que ça ferait d'eux des bons dirigeants, de bons meneurs d'hommes ! Que c'était un bon entraînement ! Et que seuls les plus forts pouvaient survivre dans son école ! Ce salopard adorait ça ! Ce salopard adorait ça... Paraît qu'ils ont fait une loi contre ça ! Ils auraient dû y penser avant ! Parce que nous... Nous, on dormait plus, on mangeait plus. Et puis... Et puis Michel a terminé sa vie au bout d'une corde et moi... Moi, j'ai terminé la mienne dans un asile de fous... Paraît qu'ils ont fait une loi contre ça ! Parce qu'y en avait trop qui finissaient comme nous ! Y pouvaient plus le cacher ! Y pouvaient plus...

Jeanne sanglotait tandis que Michel se balançait doucement au bout d'une corde imaginaire. Tant d'années après le choc, la nausée qui revient. La douleur dans la tête, le monde qui s'écroule. Le corps qui s'ouvre en deux sur un gouffre immense...

Elicius revint à ses côtés et dessina des formes géométriques dans le sable avec ses doigts rongés par l'angoisse.

— J'ai été interné de force... Juste après la mort de Michel. Paraît que j'étais devenu fou... Mais je crois que c'est là-bas que je suis devenu fou... Des années à rester enfermé dans une chambre, assommé de calmants, attaché sur un lit. Ma famille m'a laissé tomber, mes amis aussi. C'est comme... Comme si j'avais cessé d'exister. Comme si... Comme si j'avais été effacé de ce monde. Et puis doucement, j'ai repris pied. Sortir de cet enfer ! C'est l'envie de vengeance qui m'a aidé... Ouais, c'est pour me venger que je m'en suis sorti... Je ne prenais plus les médicaments, je les jetais à la poubelle... Chaque jour, je devenais plus lucide, moins docile... Et un jour, ils m'ont libéré...

Il s'éloigna de nouveau, marcha un peu. Avant de revenir près d'elle.

— Quand ils m'ont laissé sortir, quand ils ont cru que j'étais guéri, je suis allé voir la tombe de Michel... Vous étiez là, ce jour là... Vous étiez penchée au-dessus de lui, vous lui parliez... Comme s'il était encore vivant... Je vous ai regardée longtemps, vous ne m'avez pas vu... Je vous trouvais tellement jolie ! Vous n'étiez plus l'enfant que j'avais connue, vous étiez devenue si belle... Vous avez été mon premier réconfort jusqu'à ce que... Jusqu'à ce que je vous entende vous battre contre vous-même. Et là, j'ai compris que cette séparation vous avait rendue folle... Que votre vie était brisée, comme la mienne...

La pluie cessa soudain et une petite brise venue du large les fit frissonner.

— Je ne suis pas folle...

— Je m'étais dit que nous pouvions partager nos dérives...

— Je ne suis pas folle...

Jeanne basculait d'avant en arrière. Luttant contre le monstre qui lui dévorait le cerveau.

— Non ! murmura-t-elle.

Ce n'était pas à lui qu'elle opposait ce refus. Elle essayait simplement de repousser ses propres démons, d'empêcher une nouvelle crise. Un nouveau déferlement de violence.

Mais il ne pouvait comprendre. Alors, il laissa exploser sa colère, sa douleur. Des cris, des coups de pied dans le sable. De la hargne, de la haine. Il prenait des galets, les lançait contre les rochers.

— J'ai trahi Elicius et Elicius veut me tuer ! J'ai trahi... Et Elicius va me tuer !

Elle répétait ces mots comme les paroles d'une chanson. Il s'arrêta enfin et tomba à genoux devant elle.

— Non, Jeanne. Je... C'est ce que je voulais en t'emmenant ici, c'est vrai, mais... J'étais tellement furieux, tellement triste aussi... Je ne vais pas te tuer. Tu n'es pas comme eux... Si tu ne veux pas de moi, je m'en irai. C'est tout...

Elle sembla enfin revenir dans la réalité et le dévisagea intensément. Puis elle caressa sa joue d'une main tremblante.

— On pourrait s'en aller ensemble, fit-elle.

Ils restèrent longtemps face à face. Elle n'avait plus peur de sa folie. Elle aimait sa voix, ses yeux. Et elle découvrit son sourire.

— Je partirai avec toi, si tu veux, répéta-t-elle.

— Je ne veux que ça...

— Je ne voulais pas te faire de mal... C'est parce que j'avais pas compris... Parce que je ne savais pas...

Il avança sa main, il hésitait. Peut-être disait-elle cela parce qu'elle avait peur. Elle ne quittait pas son regard, elle semblait sereine. La croire ou non...

Jeanne voyait son dilemme, ses déchirures. Sur ce visage, la torture, les questions. Dans ces yeux, une démence amoureuse. Les minutes passaient et elle attendait son verdict. Je peux être heureuse avec lui. Il était son ami, son meilleur ami. Alors, c'est forcément quelqu'un de bien. Quelqu'un qui pourra me rendre heureuse. Jeanne ! C'est un assassin ! Jeanne !... La voix s'éloignait lentement, submergée par le bruit des vagues. Enfin, l'autre cédait la place. Jeanne ne l'écoutait plus. Elle souriait. Je le suivrai n'importe où. Partager nos dérives... Devant lui, je pourrai être moi. Il m'acceptera telle que je suis. Plus besoin de jouer à être quelqu'un d'autre. Tout laisser, tout abandonner. Repartir à zéro. Oublier Esposito, oublier maman. Oublier le monde et sa cruauté.

Ils se regardaient avec avidité, se découvraient pour la première fois. Il ne l'avait pas touchée, pas encore. Mais son expression avait changé. Moins de haine, plus d'humanité...

Et, enfin, il l'attira contre lui. Elle resta longtemps, le front posé au creux de son épaule. Une sensation nouvelle, comme si plus rien ne pouvait l'atteindre. Il caressait ses cheveux, il la serrait dans ses bras. Elle sentit qu'elle pleurait encore. Elle n'était pas triste, pourtant. Elle n'avait même jamais été aussi bien.

— Je veux partir avec toi, dit-elle encore.

Il la repoussa lentement et un frisson la parcourut de la tête aux pieds. Puis il prit un couteau dans la poche de son pantalon ; elle entendit un déclic avant de voir briller la lame. Partir, ça ne veut pas dire mourir, Elicius.

— Je vais le laisser à la mer… Il ne me servira plus à rien, maintenant…

Et si cette histoire finissait bien ? Ils pouvaient prendre le train, quitter cette ville. Se soutenir, s'aider à oublier. Se comprendre. Oui, il lui plaisait, elle allait l'aimer. Il tenait toujours l'arme dans sa main gauche, tout près du visage de Jeanne ; peut-être hésitait-il…

Le temps semblait figé, la nuit peu pressée de les emmener plus loin. Ils étaient seuls, ils étaient libres.

Du moins le croyaient-ils. Les ennemis sont parfois invisibles. Il y eut un bruit sourd qui déchira leurs tympans et un sifflement qui se propagea jusqu'à eux.

Jeanne n'eut pas le temps de faire un mouvement. Pas même le temps de cligner des yeux. Elicius venait de s'écrouler sur le côté, la tête sur le sable. Touché par la foudre. Sa tempe avait explosé et le sang coulait doucement sur son front et dans ses yeux encore ouverts. Ses doigts lâchèrent le couteau, emporté aussitôt par une vague. Comme si la mer voulait laver les souillures, engloutir les mauvais souvenirs.

Jeanne le fixait, inerte, terrorisée. Du sang sur ses mains, son visage. Éclaboussée par l'horreur.

— Jeanne ! s'écria le capitaine. Jeanne !

Esposito était près d'elle, maintenant. Il la souleva de terre et l'éloigna du cadavre.

— Jeanne, ça va ? Vous êtes blessée ?

— Pourquoi vous l'avez tué ? hurla-t-elle. Pourquoi ?

— J'ai cru qu'il allait vous... J'ai cru qu'il allait vous faire du mal !

Elle tremblait de plus en plus, respirait de moins en moins. Elle fixait ses mains salies par le sang tiède. Se jeter à la mer pour effacer ces traces. Pour tout effacer.

— Jeanne, vous m'entendez ?

Pas de réponse. Plus de réponse. Elle entendait des voix, des bruits, des cris... Mais elle avait perdu le fil. Tu devrais rentrer à la maison, Jeanne. Prendre le train et rentrer. Si tu arrives en retard, tu vas te faire engueuler ! Et ce sang ! Il faut que je me lave les mains !

— Jeanne ! Répondez-moi !

— Elicius m'a pardonnée ! Il m'a pardonnée !

— Jeanne ! supplia Esposito.

Il la garda dans ses bras et l'emmena le plus loin possible. Mais la ramener, il n'en avait pas le pouvoir.

Trop tard ou trop tôt...

Épilogue

Le train filait doucement au bord des étangs salés. L'été touchait à sa fin, septembre aussi. Jeanne se laissait bercer par ce rythme régulier, les yeux fermés. Elle eut soudain une angoisse fulgurante et regarda le sac posé à ses pieds.

— T'en fais pas, murmura Esposito en souriant. Il est bien fermé…

Elle lui rendit son sourire et s'appuya contre son épaule. Rassurante. Ils ne faisaient pas toujours le trajet par le rail. Ils prenaient parfois la voiture. Plus rapide. Mais elle préférait le train. C'était tellement plus beau que la route !

Un an, déjà. Un an qu'il avait réussi l'impossible. Réussi à la sortir de cet enfer. À la sortir des griffes des médecins, des psychiatres et de leurs piqûres. Celles qui changent la couleur de votre douleur, qui vous font oublier qui vous êtes. Qui vous grignotent la tête morceau par morceau et vous enveloppent le cerveau dans du coton stérile. Sans lui, elle serait encore dans cet asile, cette prison. Coincée entre les cloisons matelassées, les lits médicaux et les barreaux aux fenêtres.

Sans son aide, elle ne s'en serait pas sortie. Jamais. Elicius n'avait eu personne pour l'aider, lui. Personne pour lui tendre la main. Il avait glissé doucement, sans un bruit, sans réveiller personne. Elle avait toujours l'une de ses lettres sur elle. Dans son sac. La plus belle...

Mais ça, Esposito ne le savait pas. Il était un peu jaloux, parfois. Il aurait pu croire des choses. S'imaginer des histoires. Pourtant, qui d'autre, à part lui ? Qui pouvait aimer sa douce folie ? Maîtriser ses angoisses ou sa violence ? Voler à son secours ? Il existait vraiment, ce chevalier servant. Il était là, tout près. Assis tout près.

Mais pourquoi ce train ne s'arrête-t-il jamais ? Et ces étangs, je les ai déjà vus... Sauf qu'avant, il n'y avait pas de grilles aux fenêtres du train...

Elle ouvrit les yeux sur une silhouette encore floue. Il était bien là, fidèle vigie au chevet de sa folie. Elle le devinait dans la brume chimique qui la cernait. J'aurais pas dû prendre le comprimé bleu, tout à l'heure. J'aurais dû le jeter par la fenêtre, au travers du grillage. J'y aurais vu plus clair... Elle parvint tout de même à lui sourire.

Il adorait son sourire. Il pouvait la regarder pendant des heures. Un jour, je te sortirai de là, Jeanne. Définitivement. J'attendrai le temps qu'il faut. Je ne suis pas pressé.

Depuis qu'il n'était plus flic, Esposito avait tout son temps. Le placard ou la porte : le choix avait été vite fait. Et puis ainsi, il avait plus de liberté. Pour sa fille et pour Jeanne.

Jeanne qui avait refermé les yeux et continuait de lui sourire.

Parle-lui, Jeanne ! Dis-lui de t'emmener ! Dis-lui... Difficile quand on ne sait plus parler. Pourtant, les mots vivaient, bien rangés dans sa tête. Mais elle les gardait pour elle. Parle-lui, Jeanne ! L'autre était là, aussi. Enfermé avec elle dans cette prison sans issue. Impossible de s'en défaire...

Elle devina les lèvres douces sur sa peau, sur son front. Il s'en allait, il faisait presque nuit. Il reviendrait demain. Et dimanche, il l'emmènerait dehors. Ils prendraient le train, ils iraient au bord de la mer. Comme deux amants ordinaires. Elle entendit qu'il passait la porte de la chambre. Elle était à nouveau seule. Ou presque.

Alors, elle reprit le train... Le rose des étangs salés, le bleu profond des criques et le blanc lumineux des calanques...

Il m'a peut-être laissé une lettre. Elle tendit le bras et sentit l'enveloppe posée à côté d'elle.

Il me laisse toujours une lettre...

POCKET N° 14672

KARINE GIEBEL
Jusqu'à ce que la mort nous unisse

« *Un captivant suspense psychologique avec, en toile de fond, les décors majestueux de la montagne.* »

Le Maine Libre

Karine GIEBEL
JUSQU'À CE QUE LA MORT NOUS UNISSE

La montagne ne pardonne pas. Vincent Lapaz l'a appris aujourd'hui : la mort vient de frapper un être cher. Convaincu qu'il s'agit d'un meurtre, il mène l'enquête, déterrant les secrets qui hantent la vallée. Et Lapaz non plus n'est pas du genre à pardonner…

★ **Prix des lecteurs au Festival polar de Cognac**

Retrouvez toute l'actualité de Pocket sur :
www.pocket.fr

POCKET N° 14489

Chiens de sang
KARINE GIEBEL

« *Elle taille des thrillers terrifiants et haletants qui attrapent le lecteur à la gorge.* »

Le Point

Karine GIEBEL
CHIENS DE SANG

Ils sont là. Ils approchent. Aboiements. C'est le plus dangereux des jeux. Le dernier tabou. Le gibier interdit... Diane qui aurait dû rester à l'hôtel et Rémi le SDF tentent d'échapper à la traque.
Ils sont impitoyables, le sang les grise. Ils sont derrière, tout près. Qui en réchappera ?

Retrouvez toute l'actualité de Pocket sur :
www.pocket.fr

POCKET N° 13598

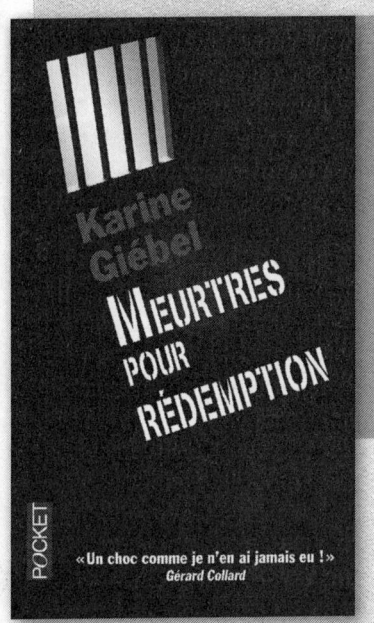

« *Karine Giébel signe un suspense implacable et brosse, avec Marianne, un portrait de femme écorchée.* »

24 heures

Karine GIEBEL
MEURTRES POUR RÉDEMPTION

Marianne a 20 ans et des barreaux comme unique horizon. La haine, la violence sont son quotidien. Jusqu'à ce jour où on lui propose de regagner sa liberté. Mais le prix à payer est très lourd pour elle qui n'aspire qu'à la rédemption.

Retrouvez toute l'actualité de Pocket sur :
www.pocket.fr

Faites de nouvelles découvertes sur
www.pocket.fr

- Des 1ers chapitres à télécharger
- Les dernières parutions
- Toute l'actualité des auteurs
- Des jeux-concours

POCKET

Il y a toujours
un **Pocket** à découvrir

Imprimé en France par

CPI
BRODARD & TAUPIN

à La Flèche (Sarthe)
en décembre 2014

POCKET – 12, avenue d'Italie – 75627 Paris Cedex 13

N° d'impression : 3008005
Dépôt légal : avril 2014
Suite du premier tirage : décembre 2014
S22372/07